친구 중의 친구

The Friends of the Friends

THE LIBRARY OF BABEL by Jorge Luis Borges

Copyright ⓒ 1998 by Maria Kodama
Korean translation copyright ⓒ 2011 by Bada Publishing Co.

All rights reserved.
This edition published by arrangement
with F.M.R. ART'E' S.P.A. through Shinwon Agency Co.

이 책의 한국어판 저작권은 Shinwon Agency를 통해
F.M.R. S.p.a. 사와의 독점 계약으로 바다출판사에 있습니다.
저작권법에 의해 한국 내에서 보호를 받는 저작물이므로
무단 전재와 무단 복제를 금합니다.

호르헤 루이스 보르헤스
Jorge Luis Borges 1899~1986

바벨의 도서관

성서는 인류의 모든 혼돈의 기원을 바벨이라 명명한다. '바벨의 도서관'은 '혼돈으로서의 세계'에 대한 은유이지만 또한 보르헤스에게 바벨의 도서관은 우주, 영원, 무한, 인류의 수수께끼를 풀 수 있는 암호를 상징한다. 보르헤스는 '모든 책들의 암호임과 동시에 그것들에 대한 완전한 해석인' 단 한 권의 '총체적인' 책에 다가가고자 했고 설레는 마음으로 그런 책과의 조우를 기다렸다.

'바벨의 도서관' 시리즈는 보르헤스가 그런 총체적인 책을 찾아 헤맨 흔적을 담은 여정이다. 장님 호메로스가 기억에만 의지해 《일리아드》를 후세에 남겼듯이 인생의 말년에 암흑의 미궁 속에 팽개쳐진 보르헤스 또한 놀라운 기억력으로 그의 환상의 도서관을 만들고 거기에 서문을 덧붙였다. 여기 보르헤스가 엄선한 스물아홉 권의 작품집은 혼돈(바벨)이 극에 달한 세상에서 인생과 우주의 의미를 찾아 떠나려는 모든 항해자들의 든든한 등대이자 믿을 만한 나침반이 될 것이다.

제임스는 복잡한 유럽에서
스스로를 이방인이라고 느끼는
미국인에 대한 이야기를 쓰기를 좋아했다.
그 역시 사람들 사이에서 이방인으로
살았기 때문일 것이다.

호르헤 루이스 보르헤스

† 보르헤스 세계문학 컬렉션 †

친구 중의 친구

헨리 제임스
하창수 옮김

바다출판사

Henry James
1843–1916

◆
목
차
◆

혼란스럽고 우수에 찬 관찰자의 시선_보르헤스 • 011

사생활 • 015

오언 윈그레이브 • 077

친구 중의 친구 • 139

노스모어 가의 굴욕 • 187

작가 소개 헨리 제임스 • 223

혼란스럽고 우수에 찬 관찰자의 시선

호르헤 루이스 보르헤스

  1843년에 태어나 1916년에 사망한 헨리 제임스는 우리 시대의 가장 위대한 작가들 가운데 하나이다. 그는 키플링이나 톨스토이보다는 카프카와 더 동시대인이며, 현대 예술에서 흔히 볼 수 있는 모호함과 불명확성을 훌륭하게 그려 낸 위대한 거장이다. 제임스 이전의 소설가는 깨고 나면 보통 잊어버리는 새벽의 꿈까지 들여다볼 수 있을 정도로 전지전능한 존재였다. 그러나 18세기 서간 소설에서 출발한 제임스는 자신도 모르게 그와는 다른 소설가의 입장을 발견했다. 이야기를 전개시키는 관찰자는 오류를 범할 수도 있는 인물이라는 사실이었다.
  이런 불완전한 관찰자가 다른 인물들은 물론 부지불식간에 스스로도 규정하고 있다. 때문에 제임스의 독자들은 제임스의 글을 읽어 나가면서 계속 불신을 품게 될 수밖에 없다. 그 불신이 독자들에게 때로는 기쁨을, 때로는 절망을 준다. 그의 텍스트는 사실을 위조하고, 사실을 이해시키지 못할 수도 있고, 거짓을 말할 수도 있기 때문이다.

나는 관찰자라는 말을 사용했다. 관찰자는 헨리 제임스의 수동적인 운명과 일치한다.

제임스는 4월 15일 뉴욕에서 태어났다. 촌스러운 것을 몹시 싫어했던 그의 아버지는 자식들을 세계 시민으로 만들기로 결심하고는 파리, 런던, 제노바, 로마 등에서 교육시켰다. 1862년경 미국에 머물렀던 헨리는 하버드 대학에서 법학을 공부했다. 그의 첫 작품은 호손의 전기이고, 헨리 제임스 주니어라는 이름으로 서명했다. 제임스는 미국은 정신분석학적인 소설에 맞는 주제들을 제공하지 못한다고 생각했고 그래서 유럽으로 건너가 거기서 거의 나머지 일생을 보냈다. 무엇보다 그는 관찰하기로 결심했다. 과장 없는 관찰을 원했다. 그는 어떤 일화를 들으면 한두 가지 질문을 해보고 특별한 것은 허용하지 않았다. 그는 장편소설이나 잊을 수 없는 단편소설을 쓸 수 있는 씨앗을 이미 갖고 있었다. 그와 아주 비슷하며 동시에 아주 달랐던 마르셀 프루스트처럼, 그는 사람을 관찰할 때 상류계급도 똑같은 시선으로 바라보았다. 그들 역시 어지러운 현실을 사는 오두막에 사는 사람들과 마찬가지 존재라고 생각하면서. 그의 작품은 전형적인 상류사회를 배경으로 하고 있지만 마지막 부분에 가서는 초자연적인 것, 숙명, 지옥을 담았다.

제임스는 복잡한 유럽에서 스스로를 이방인이라고 느끼는 미국인에 대한 이야기를 쓰기를 좋아했다. 그를 통해 결국 인간은 이 세상에서 이방인일 수밖에 없다는 주제를 다뤘다. 그 역시 사람들 사이에서 이방인으로 살았기 때문일 것이다. 1915년 그는 미국 시민권을 거절하고 동맹국에 대한 애정을 보여 주기 위해 영국인이 됐다.

1년 후 그는 명예로운 찬양을 받으며, 그러나 잘 읽혀지지 않는 작가로 외롭게 죽었다. 반면 키플링, 웰스, 쇼 같은 그의 동시대인들은 논쟁과 토론의 대상이었다. 그는 정확한 말에 집착했다. 죽음의 순간에도 그는 죽음의 신비를 찬양하며 이렇게 말했다. '지금 이 다른 것이 죽음이다.'

여기에 우리는 서로 아주 다른 네 작품을 선택했다. 〈사생활〉은 환상적인 면과 풍자적인 면이 잘 어우러져 있다. 스티븐슨과 파피니가 좋아했던 도플갱어라는 테마가 등장하며, 세상이라는 무대를 훑고 지나가는 화려한 허무를 조롱한다. 〈오언 윈그레이브〉는 처음에는 평화주의자에 대한 작품인 듯 보인다. 그러다가 나중에야 옛 가치와 유령에 대한 이야기임을 알게 된다. 〈친구 중의 친구〉는 깊은 우수를 담고 있는 동시에 아주 은밀한 신비에서 만들어진 사랑을 찬양한다. 이 환상적인 세 개의 단편과 함께, 제임스의 단편 걸작을 추가했다. 〈노스모어 가의 굴욕〉은 끈질긴 복수의 이야기이다. 마지막에 가서야 그것이 복수라는 걸 알게 되기에 훨씬 더 잔인한 복수처럼 다가온다.

    헨리 제임스의 인상 깊은 사진 두 장이 우리에게 남아 있다. 1906년 앨리스 보턴이 찍은 사진들이다. 첫 번째 사진은 슬픔이 배인 거만한 신사의 모습을 담고 있다. 신사의 우아한 습성들 즉 중산모, 풀 먹인 빳빳한 옷깃, 손에 쥐고 있는 지팡이 등이 그의 슬픈 시선이 외면하고 싶은 사실, 즉 자신이 가장 불행한 인간임을 숨기려 헛되이 애쓴다. 두 번째 사진도 같은 복장의 헨리 제임스를 보여 준다. 그는 다소 당황한 듯, 믿기지 않는다는 눈빛으로 자신의 첫 초상화를 보고 있다. 다른 사람들에 의해 보여진 모습을 스스로가 보고 있다는 이 장난은, 물론 그가 의도했던 것이다. 각각의 사진에 찍힌 자신을 억제하는 표정 없는 얼굴은, 그의 작품이 노출한 무정한 이미지와 일치한다.

The Private Life

우리는 꼿꼿하게 서 있는 원시의 빙하를 마주한 채 런던에 대해 얘기하고 있었다. 그 시간에 그런 풍경은 스위스 여행을 하면서 절감한 오늘날의 여행이 가져다주는 모욕감– 난잡한 애정 행각에 상스러운 작태들이 벌어지는 기차역과 호텔, 끊임없이 인내심을 자극하고 주의를 산만하게 하는 것들, 무리지어 다니는 여행객의 하나로 전락하는 것 – 을 충분히 보상해 주었다. 높이 솟구쳐 오른 산과 골짜기는 분홍빛으로 젖어 있었고, 차가운 공기는 세상이 원시로 돌아간 듯 신선했다. 만년설 위에 드리워진 오후의 엷은 홍조 위로, 어디선가 정겹게 울리는 가축들의 방울 소리가 햇볕에 말리는 곡식 냄새와 함께 밀려들고 있었다. 오버

†사생활†

란트❖의 가장 멋진 길이 시작되는 초입에 세워진 호텔에서, 우리는 일주일 동안 '일행'과 '날씨'를 동시에 향유하고 있었다. 그건 정말 큰 행운이었는데, 하나가 나쁘면 다른 하나가 보상을 해 줄 것이기 때문이었다.

날씨가 일행들을 보상해 준 건 분명한 사실이었다. 그렇다고 날씨의 지배까지 받을 정도는 아니었는데, 운 좋게도 우리에겐 '튼실한 알곡'❖❖들이 있었기 때문이다. 멜리폰트 경 내외분과 (다수가 인정하는) 우리 시대의 문호文豪 클래어 보드리, 그리고 (모두가 인정하는) 연극계 최고의 스타 블랑슈 애드니가 있었다. 그들은 당시 런던 사람들이라면 누구나 '알현'하고 싶어 한 인물들이었기에, 그들을 만나려면 적어도 6주 전에는 선약을 받아 놓아야 했다. 우리가 줄을 대지 않고도 그들과 함께할 수 있었던 것은 서로에게 끌렸기 때문이다. 그런 기회가 주어진 것은 8월 말이었는데, 비슷한 사회적 지위를 갖고 있다는 행운이 작용한 덕분이었다. 이 황금 같은 날들이 끝나면 — 그리 오래지 않아 찾아들겠지만 — 우리는 우리가 걷던 길을 떠날 것이고, 우리를 에워싸고 있는 이 높은 산봉우리들 너머로 사라질 것이었다. 우리는 같은 종파에 속해 있었고, 다양한 매체들로부터 비슷한 평판

❖ 스위스 알프스 지역.
❖❖ '유명 인사'를 비유해 이르는 말.

을 받고 있었다. 런던에서 우리는 정기적이지는 않았지만 자주 만나는 사이였다. 우리는 녹록지 않은 사회적 지위가 가져다주는 전통과 관습, 법률과 언어의 지배하에 놓여 있는 엇비슷한 처지였다. 우리 모두는, 심지어 여자들조차 '영향력을 행사'하는 사람들이었다. 다만 아무것도 '행사하지 않는' 척했을 뿐이었다. 런던이었다면 언급될 일이 아닌 것도, 여행지에서는 우리들의 순수한 즐거움이 되어 주었다. 1년에 한 번 있는 휴가의 들뜬 분위기를 즐기고 있었기에, 이런 변화는 당연한 것이었다. 어쨌든 우리는 런던에 있을 때보다 더 인간적인 조건에 놓여 있다는 것을, 적어도 우리 본연의 모습으로 돌아가 있다는 것을 누구나 실감하고 있었다. 이 점에 대해 솔직하게 얘기를 나누기도 했는데, 붉게 물든 빙하를 바라보고 있을 때 우리가 나눈 대화가 바로 그런 종류의 것이었다. 그때 누군가가 멜리폰트 경과 애드니 부인이 장시간 보이지 않는다고 주의를 환기시켰다. 우리는 벤치와 작은 탁자들이 놓여 있는 테라스에 자리를 잡고 앉아, 자연으로 돌아왔다는 사실을 한껏 증명해 보이는 기이한 독일식 복장을 한 채 식전 커피를 마시고 있던 중이었다.

 일행 중에 유독 두 사람이 보이지 않는 것에 대해 그때까지 누구도 말하지 않고 있었다. 심지어 멜리폰트 부인과 다정한 성격의 작곡가 애드니(블랑슈 애드니의 남편)조차 일언반구도 없었다. 그 말을 꺼낸 건 클래어 보드리(이 유명 인사는 자신의 책 속표지에 '클래런스'라고만 표기하는 버릇이 있다)였다. 마침 그는 마음을 드러내는 문제에 관해 얘기하고 있었다. 그는 일행들에게, 누구에게든 솔직하게 속마음을 털어놓고 싶은 적이 없었느냐고 묻고 있었다. '난 당신이 진정으로 멋지다고는 생각하지 않아.' 나는 속으로만 그렇게 말했다. 드러내 말하기에는 껄끄러웠기 때문이다. 사실 우리들 사이에는 보드리가 얘기를 하고 있을 때는 입을 다물어야 한다는 일종의 묵계가 있었는데, 그렇다고 그가 그런 분위기를 요구한 건 전혀 아니었다. 그는 이야깃거리가 많은 사람치고는 주변의 이목에 이상하리만치 초연했다. 탐욕스러운 수다쟁이가 아니었다. 우리가 관심을 두는 것은 어디까지나 얘기하는 당사자— 남자건 여자건 —의 개인적 인생관이었고, 우리는 각자 다른 이유로 이 저명한 작가 보드리와 만찬을 할 때면 늘 그의 청중을 자처하곤 했다. 이런 말을 하는 것은 나를 포함한 우리 일행 모두가 런던에서 그와 함께 만찬을 한 경험이 있고, 그때마다 기꺼이 그의 청중이 되었음을 암시하기 위해서다. 나도 그와 함께 식사를 한 적이 있는데, 그날 저녁도 이곳 알프스의 늦은 오후와 마찬가지로, 내 혀를 묶어 두는 데 어떤 고통도 느끼지 않았다. 그저 그의 훤칠한 키와 잘생기고 떡 벌어진 몸을 바라보면서 늘 일어나던 의문을 속으로 삭히고 있었을 뿐이다.

그 의문은 이런 것이었다. 왜 그는 자신을 남의 이목을 끄는 사람이라고 생각하지 않을까? 고작해야 저녁 식사 자리에서 사람들이 자신의 말에 귀를 기울인다는 정도로만 생각할까? 그 사실이 내 마음을 적잖이 불편하게 만들었다. 언론은 그를 '자기중심적인 사람'이라고 표현했지만, 실제의 그는 자기 위엄을 자랑하는 사람이 아니었다. 자기 자신에 대해 떠벌리는 사람이 아니었던 것이다. 바로 그 점이 그를 돋보이게 했지만 그 또한 의도적인 것이 아니었다. 그는 자신만의 시간과 고유의 버릇들을 갖고 있었고, 재단사와 모자를 만드는 사람을 따로 두었으며, 자신만의 독특한 위생법과 특별히 즐기는 와인을 갖고 있었다. 하지만 그 모든 것들로 하나의 고집스러운 태도를 형성하지는 않았다. 그의 그런 본연의 태도는 국내에서보다는 '근사한' 외국에서 쉽게 노출되었다. 여러 가지 상황이 바뀌었다는 걸 감안한다면 그 정도는 문제 될 게 없었다. 하지만 그는 여타의 사람들과 다르긴 해도(내가 곧 설명하게 될 독특한 감각을 제외하곤), 풍기는 분위기도 감수성도 선호하는 것도 별다를 것 없는 사람처럼 내 눈에는 보였다. 그는 늘, 자신이 감내할 수 있는 나이나 조건, 혹은 성별을 따져서 비슷한 부류의 사람들하고만 지냈음에 틀림없었다. 그는 남자에게 말을 걸 듯이 여자에게 말을 걸었고, 모든 사람들과 가리지 않고 험담을 늘어놓았으며, 둔한 사람에게나 영리한 사람에게나 대화에 차이를 두지 않았다. 그렇지만 나는 하나의 주제를 다른 주제와 절묘하게 연결시키는 그의 솜씨에 절망감을 느끼곤 했다. 그런 자리에 내가 끼어 있다는 게 정말이지

싫을 정도였다. 그는 언제나 커다란 목소리로 즐겁게, 너무나도 자세하게 묘사했다. 억지를 부리지도 어두운 얘기를 꺼내지도 어떤 사상을 희화화시키지도 않으면서. 그런 그와의 대화 속에서, 우리는 아주 예외적인 인간성을 발견할 수 있었다. 상식적인 수준에서 자신의 통찰력을 드러낼 줄 아는 그의 엄청난 건강함에 질투가 날 지경이었다.

보드리는 선량한 양심을 앞세워 정연한 속도로 온갖 이야기들을, 멀리 풍차와 이정표가 보이는 기담奇談의 들녘으로 행진시켜 나갔다.❖ 잠시 후 나는 멜리폰트 부인의 주의가 흐트러지는 걸 눈치챘다. 우연히 그녀의 옆자리에 앉게 된 나는 그녀의 불안한 눈길이 낮은 산비탈 너머로 향하는 걸 지켜보았다. 그녀는 시계를 들여다보다가 내게 물었다. "두 사람이 어디로 갔는지 아시나요?"

"애드니 부인과 멜리폰트 경 말씀인가요?"

"그래요, 멜리폰트 경과 애드니 부인." 그녀는 귀부인다운 말투로 내 말의 순서를 수정해 주었다. 하지만 질투 때문에 그랬다고 생각하고 싶지는 않았다. 그녀에게 그런 식의 저급한 감정을 끌어다 붙이고 싶지도 않았고, 무엇보다 내가 좋아하는 여자와

❖ 세르반테스의 소설 《돈키호테》를 끌어다가 작중 인물인 클래어 보드리의 순진한 무모함을 풍자한다.

관련된 일이기 때문이었다. 또한 멜리폰트 경을 먼저 말하는 게 당연하기 때문이었다. 경은 당연히 맨 처음, 예외 없이 제1의 존재였다. 그것은 그가 가장 위대하다거나 가장 현명하다거나 가장 저명한 존재라는 뜻은 아니다. 다만 필연적으로 명단의 맨 위에 놓여 있는, 식탁의 상석을 차지하는 존재라는 말이다. 그것은 자연스럽게 형성된 위치였다. 그리고 경의 아내 역시 자연스럽게 거기에 익숙해져 있을 뿐이었다. 그러고 보면 내 말은 마치 애드니 부인이 경을 데려간 것처럼 들릴 수도 있었을 것이다. 하지만 그랬을 가능성은 전혀 없었다. 누군가를 데려가는 건 오직 경만이 할 수 있는 일이기 때문이다. 사람들은 이 서열을 예의상 멜리폰트 부인에게도 그대로 적용시켜야 한다는 걸 깜빡하곤 했다. 사실 나는 그녀가 은근히 무섭기도 했다. 그녀의 견고한 침묵과 사람들을 대하는 얼마쯤은 딱딱하고 냉소적이기까지 한 지극히 어두운 면모를 생각하면. 그녀의 창백한 얼굴은 엷게 회색빛이 드리워진 듯했고, 윤기 흐르는 검은 머리는 늘 거기에 꽂혀 있는 브로치와 머리띠, 그리고 빗만큼이나 차가운 금속성을 띠고 있었다. 항상 침울한 분위기에 싸여 있는 그녀는 셀 수 없이 많은 흑옥과 마노, 찰랑거리는 목걸이와 유리구슬로 치장하고 있었다. 애드니 부인은 그런 그녀를 가리켜 '밤의 여왕'이라고 지칭한 적이 있는데, 구름이 잔뜩 낀 흐린 밤을 연상하면 이해가 쉬울 것이다. 그런 은밀한 부분을 제대로 알아차리지 못한다면 그녀는 그저 상냥하고, 남의 말에 휘둘리지는 않지만 지성은 부족한, 슬픔에 잠겨 사는 여인에 불과해 보였다. 그녀는 고통 없는 만성병을 앓고 있는 환자 같았다. 나는 그녀에게, 한 시간쯤 전에 당신의 남편이 누군가와 계곡을 산책하는 걸 보았지만, 그 이상은 아마도 애드니 씨가 알고 있을지도 모르겠다고 말했다.

오십대로 접어들었음에도 불구하고 친구들 앞에서는 말이 너무 많으면 안 된다고 생각하는 숫기 없는 어린 소년처럼 보이는 빈센트 애드니는 놀라울 만큼 순진무구했고, 위대한 배우의 남편 자리를 음미하며 사는 인물이었다. 그가 아내를 편하게 대해준다는 얘기는 누구나 들은 바 있었는데, 그 얘기를 들은 몇몇은 가슴에서 우러나는 호의로 모든 걸 당연히 받아들이는 그의 태도를 존경하지 않을 수 없었다. 같은 배우도 아니고 무대와 직접 관련된 일을 하지도 않는 남편이, 배우인 아내를 품위 있게 대한다는 건 쉽지 않은 일이기 때문이었다. 또한 애드니는 품위 이상의 것을 가지고 있었다. 더없이 우아하며, 영감이 풍부한 사람이었다. 그는 음악을 진정으로 사랑했고, 그의 음악이 지닌 진정성은 누구나 공감할 수 있었다. 어디에서건 늘, 그의 아내는 사람들 무리 속에 있었다. 사람들은 그녀가 만들어 내는 표정들을 저마다 자유롭고 풍부하게 해석했다. 그녀는 머리를 늘어뜨린 채로 가볍게 웃음을 흘리며, 누군가의 표현처럼 무대를 장악했다. 그녀에게 남편은, 극이 진행되는 동안 꼼짝없이 제자리를 지키고 있는 몸집이 자그마한 바이올리니스트일 뿐이었다. 하지만 그녀는 그를 진기하고 불가해한 존재로 만들어 주었다. 두 사람이 가진 우월감은 일종의 동업자적인 것으로, 한 사람이 누리는 행복은 두 사람이 누리는 행복의 일부였다. 애드니가 가진 오직 한 가지 불만은 자신이 아내를 위한 희곡을 직접 쓸 수 없다는 점이었다. 그래서 작가들에게 희곡을 써줄 수 없겠느냐고 떼를 쓰는 것이 그가 아내의 일에 유일하게 참견하는 방식이었다.

잠깐 애드니를 일별하고 난 멜리폰트 부인이, 그에게는 아무것도 묻지 않을 거라면서 나에게 이렇게 말했다. "사람들이 저를 과민하다고 보지 않았으면 좋겠어요."

"과민하시다고요?"

"물론 남편과 떨어져 있으면 언제나 그렇게 되지만요."

"경에게 무슨 일이 일어났을 거라고 생각하신다는 건가요?"

"항상 그렇게 생각해요. 물론 익숙해지긴 했지만."

"절벽에서 미끄러진다거나…… 뭐 그런 뜻인가요?"

"뭔지는 정확히 알 수가 없어요. 다만, 그 사람이 영영 돌아올 수 없을 거라는 생각이 든다는 거죠."

그녀는 많은 걸 얘기했지만 많은 걸 억제하기도 했다. 농담처럼 가장하는 것이 그녀가 속내를 드러내는 유일한 방법이었다. "경께서 부인을 저버리는 일은 절대로 일어나지 않을 겁니다, 맹세코!" 내가 웃으며 한 말이었다.

그녀는 잠시 바닥을 내려다보더니 말했다. "그래요, 사실 전 마음이 편하답니다."

"그토록 세심하고, 절대로 오류가 없고, 모든 일에 철저하게 대비가 된 사람에겐 아무 일도 일어날 수가 없는 법이죠." 나는 용기를 내서 주절거렸다.

"당신은 그 사람이 평소에 어떻게 대비하는지 상상도 못할걸요!" 그녀가 이상하게 떨리는 목소리로 주장했다. 그녀가 예민해져 있다는 방증이라고 나는 생각했다. 이 생각은 그녀의 다음 행동에 의해 확고해졌다. 그녀는 불쑥 자리를 바꾸어 앉았는데 대화를 중단하겠다는 것처럼 보이진 않았지만 불안해하고 있다는 증거였다. 그녀를 그렇게 만든 게 무엇인지는 알 수 없었지만, 애드니 부인이 우리를 향해 다가오고 있는 걸 보고서야 나는 안심이 되었다. 그녀는 손에 커다란 야생화 한 다발을 들고 있을 뿐 멜리폰트 경과 함께 온 것은 아니었고, 뭔지 모르게 말하기를 꺼리는 기색이었다. 멜리폰트 부인이, 대답을 듣고 싶기는 하지만 묻고 싶지는 않은 질문을 하나 가지고 있다는 걸 알고 있던 나는 곧바로 애드니 부인에게, 경께서 크레바스에 빠져 있는 건 아니기를 바란다고 말했다.

"그럴 리가요. 그분과 헤어진 건 고작 3분 전이에요. 먼저 숙소로 가셨어요." 블랑슈 애드니는 곧장 내게로 시선을 돌리고는 한동안 내 얼굴을 바라보았다. 어떤 남자도, 혼자 힘으로는 결코 저항할 수 없는 끈끈한 눈길이었다. 신속하게 전해야 할 특별한 뭔가가 있음을, 그 눈이 말하고 있었다. '오, 그래요. 전 매력이 있죠, 저도 알아요. 하지만 그 때문에 소동을 일으키고 싶진 않아요.' 그러고는 달콤하면서도 내밀한 눈길로 이렇게 덧붙였다. 그것이 그녀가 전하고자 하는 핵심이었다. '별 문제 없었지만, 뭔가 일이 있긴 했어요. 나중에 알려 드릴지도 모르죠.' 그러고는 멜리폰트 부인에게로 돌아서더니 숙달된 배우답게 금방 명랑하게 태도를 바꾸고는 말했다. "제가 경을 무사히 모시고 왔답니다. 멋진 산책이었어요."

"잘됐군요." 멜리폰트 부인이 엷은 미소를 띠면서 대꾸하더니 자리에서 일어나며 우물거렸다. "그 사람은 만찬 때 입을 옷으로 갈아입으려고 방으로 갔을 겁니다. 그것 말고 뭐가 있겠어요?" 그러면서 자기도 간편한 옷으로 갈아입어야겠다면서 호텔로 발길을 옮겼다. 만찬 얘기가 나오자, 남은 사람들은 어떻게 해야 할지 모르겠다는 듯 서로의 눈치를 살폈다. 그날 저녁, 세상 물정에 밝은 급사장이 – 급사장이라면 누구나 그렇지만 – 우리에게 특별한 만찬을 즐길 수 있는 시간과 장소를 제공해 주어서 우리는 군데군데 켜진 램프 아래에 조촐하게 둘러앉았다. '차려입은' 사람은 멜리폰트 경 부부뿐이었고, 모두들 그걸 당연하게 받아들였다. 멜리폰트 부인은 언제나 격식을 차리기 때문이었다. 한편 경은 놀라운 조정력과 적응력을 발휘하고 있었다. 그는 급사장 못지않게 세상 물정에 훤했고 여러 개의 언어를 구사하는 인물이었다. 그렇다고 연미복과 흰 양복 조끼를 비교하거나, 검정색과 푸른색과 갈색의 벨벳을 넥타이에 어울리게, 혹은 셔츠와 상관없이 입는 방법 따위를 언급하는 인물은 아니었다. 그는 모든 기능을 갖춘 한 벌의 의상과 거기에 맞는 하나의 태도를 갖고 있었다. 또한 그의 의상과 태도들은 많은 구경꾼들의 흥미를 위한 것이기도 했다. 그의 그런 면모는 그의 독특한 친구들에겐 즐거움 이상의 것이었다. 하나의 주제가 되기도 했고, 사회적 지지를 만들어 냈으며, 게다가 그칠 줄 모르게 그들을 긴장시켰다. 만찬이 시작되기 전, 그러니까 아직 경이 나타나지 않았을 때 우리가 입을 모아 떠들어 댔던 것도 바로 그런 점들에 관해서였다.

클래어 보드리는 경에 관한 일화들을 시시콜콜한 것까지 알고 있었는데, 매우 일찍부터 경을 알고 있었기 때문이다. 멜리폰트 경이라는 이 상류층 남자의 특징 중 하나는 일화의 형태가 아니고서는 얘기될 수 없는 인물이라는 것이었고, 그 일화는 모두 경의 명예와 관련되어 있었다. 우리는 경이 자리로 돌아오면 하시라도 솔직하게 '경에 관해 얘기하고 있었답니다'라고 말할 수 있었다. 그건 양심의 문제로, 런던에서 통상적으로 양심이라고 하는 것은 훌륭한 덕목임에 분명했다. 더욱이 우리는 아주 상냥한 방식으로 그에게 찬사를 표시할 것이었다. 그는 항상 무대 위에 서 있는 배우처럼 품격을 갖춘, 정돈된 사람이기 때문이다. 그러나 그의 인생에서 프롬프터❖는 필요 없었다. 자신을 곤란에 빠뜨리는 일들에 대비해 수없이 리허설을 해왔기 때문이다. 내 개인적인 느낌에 불과하지만 사람들과 그에 관해 얘기를 나누노라면, 항상 죽은 사람에 대해 이야기하고 있는 것 같은 기이한 인상을 받았다. 그의 명성은 일종의 아름답게 치장된 오벨리스크였고, 그는 그 아래 묻혀 있는 모호한 존재였다. 실재에 앞서 자신이 주인공인 전설과 추억의 화신이 되어 있었던 것이다.

경의 이러한 모호함은, 그의 이름이 주는 울림과 그의 인격에서 비롯된 분위기가 왠지 증명해 내기에는 너무도 고매하다는 사실에서 비롯된 것 같았다. 도회지 사람다운 세련된 그의 실제 모습보다 우선적으로 드러나는 것은 그의 '전설'이었다. 그날 저녁 내가, 사실이란 지극히 유동적이라고 말했던 것이 기억난다. 이 시대에 가장 핸섬한 그 남자는 더 이상 멋져 보일 수 없는 모습으로 조금은 서투른 오케스트라의 화음을 조정하는 차분한 지휘자처럼 우리들 사이에 앉아 있었다. 그는 무슨 뜻인지 알 수 없어 함부로 저항도 할 수 없는 몸짓으로 우리의 대화를 조정했는데, 어떤 이는 그가 없으면 말조차 제대로 할 수 없을 것 같았다. 그 사실은 그는 어떤 경우에든 '공헌'하는 인물이라는 것을,

---

❖ 배우나 연설자에게 대사를 일러 주는 사람, 혹은 그런 장치.

무엇보다 영국 대중들의 삶에 공헌하고 있음을 드러내 주고 있었다. 거기에 스며들어 그것을 아름답게 물들이고 장식했다. 그가 없었다면 영국 대중들은 제대로 된 어휘도, 품격도 가질 수 없었을 것이다. 멜리폰트 경은 온전한 하나의 품격 자체였다. 나는 그런 생각을 하며 신선한 충격에 휩싸인 채 그 조그만 스위스 호텔의 식당 안에서 잠자코 송아지 고기를 먹고 있었다. 경의 격식을 갖춘 말투와 행동을 눈앞에서 지켜보고 있자니, 클래어 보드리의 태도는 음유 시인의 것처럼 보였다. 그날 밤 그렇게나 기대해 왔던 두 인물의 대조적인 모습을 지켜보는 건 너무나도 흥미진진했다. 그렇다고 큰일이 일어나지는 않았는데, 멜리폰트 경이 능란한 솜씨로 모든 것을 조용히 감싸고 최소화시키기 때문이었다. 그런 주인 노릇은 멜리폰트 경에게는 초보적인 일에 불과했다. 사실 그는 일생 동안 손님이 되어 본 적이 없었다. 모든 상황에서 그는 주인이었고, 후견인이었고, 조정자였다. 그의 그 같은 태도에 한 가지 결점이 있다면(이 대목에선 목소리를 낮출 수밖에 없는데), 자연스럽게 접점을 이뤄 낼 수 있는 문제도 기술적으로 해결하려 든다는 사실이었다. 어쨌거나 두 사람은 상대를 정확하게 거꾸로 반영하는 거울 같았다. 유능한 귀족은 자신이 상황을 어떻게 지배하고 있는지를 보여 주었고, 건실한 작가는 상황에 ─ 심지어 자신이 관계된 상황에도 ─ 얼마나 무관심한지를 보여 주었다. 멜리폰트 경은 상황을 조절하는 보석 같은 솜씨를 쏟아 내고 있었지만, 보드리는 경이 그렇게 하고 있는 것을 상상조차 못하는 듯 보였다.

심지어 보드리는 블랑슈 애드니가 3막에 관해 물었을 때, 그 질문에 어떤 교묘함이 담겨 있음을 의심도 못하고 있었다. 그녀는 보드리가 희곡 한 편을 쓰고 있으며, 그 여주인공은 그녀가 오래전부터 갈망해 온 역할이어야 한다고 생각하고 있었다. 그녀의 나이 마흔(이 사실은 그녀를 흠모하는 사람들에겐 비밀일 수밖에 없다), 이제 그녀는 지상에 남은 자신의 마지막 목표를 향해 팔을 뻗고 있었다. 배우로서 최고의 역할을 놓치고 싶지 않다는 일종의 비극적 열망이었다. 하지만 수년 동안 그녀는 그것을 그리워하고만 있었고, 더 이상 기다릴 시간이 없었다. 그녀는 웃음보다는 달콤한 슬픔을 자아내는, 말라 들어가는 장미의 고통스러운 미소❖를 짓고 있었다. 그녀는 능숙한 고대영어와 프랑스어를 구사하며 자신의 세대를 매료시킨 인물이었다. 하지만 더 큰 기회가 곧 다가오리라는 환상에 사로잡혀 있었다. 그녀는 셰리든❖❖에 흥미를 잃었고, 바우들러❖❖❖를 혐오했다. 그녀에겐 결이 한층 더 고운 천으로 만들어진 캔버스가 필요했다. 내 직감으로

❖ 밀턴의 비가 《리시다스》에서 인용한 것으로, 비통한 심정을 나타낸다.
❖❖ Richard Brinsley Sheridan(1751~1816). 아일랜드의 정치가이자 극작가.
❖❖❖ Thomas Bowdler(1754~1825). 셰익스피어 삭제판(책이나 기록에서 부적당한 부분을 삭제하고 발행하는 판본)을 출간했던 영국의 편집자.

는, 그녀는 바늘에 실을 꿰듯 작품을 생산할 수 있는 이 노련한 작가로부터 자신이 원하는 현대적인 희곡을 얻지 못한 것 같았다. 때문에 자신을 솔직하게 드러내며 그를 귀하게 대했고, 밀어를 속삭였고, 사랑을 나누었지만, 아직도 꿈을 이루지 못한 듯했다. 이러다가는 자신의 생사를 바우들러와 함께해야 할지도 몰랐다.

 이 매력적인 여인은 흘긋 보고 넘기기 어려운 사람이었다. 수많은 결점들을 가졌으면서도 아름답고 완전했다. 무대 위에서의 그녀는 받침대에서 벗어난 인형처럼 아름다웠다. 그 자체로 이리저리 돌아다니는 그림이었고, 그녀의 꾸밈없는 사교적인 성격은 끝없는 놀라움, 하나의 기적이었다. 사람들은 그림처럼 아름다운 그녀가 비밀을 들려준 답례로, 자신들이 그녀에게 여유와 홍차를 대접한다고 생각하고 있었다. 하지만 사실 그녀는 아무런 얘기도 들려주지 않고 그저 차를 마셨을 뿐이었다. 그럼에도 불구하고 사람들에게 그건 결코 손해가 아니었다. 보드리가 희곡을 쓰고 있는 건 사실이었다. 그녀를 좋아해서 그 희곡을 시작했다면, 같은 이유로 느리게나마 진행시키고 있었으리라. 하지만 그는 누구에게도 털어놓지 못하는 지독한 어려움을 겪고 있었다. 그 원고가 완성되고 나면 자신의 인생에서 활력이 사라질 것임을 알고 있었기 때문이다. 늘 그 문제를 블랑슈 애드니에게 털어놓고 얘기해야 한다고 생각하면서, 자신의 희곡에 아주 간간이 몇 개의 멋진 문장을 집어넣고 있었던 것이다. 그러면서도 그가 그 문제를 그녀에게 털어놓지 못했던 건, 오로지 애드니 부인이 실망할까 두려웠기 때문이었다. 3막에 관한 그녀의 질문에 그는, 만찬 전에 굉장한 대목을 썼노라고 대답했다.

"저녁 식사 전에요?" 내가 물었다. "그때 선생님은 테라스에서 저희 모두에게 마법을 걸고 계셨잖습니까?"

내 말은 일종의 농담이었다. 그때만 해도 나는 그가 그 원고를 다 써놓았을 거라고 생각했기 때문이다. 하지만 나는 그의 얼굴에 드리워진 당혹감을 확인할 수 있었다. 그는 굳은 표정으로 나를 보고는 마치 말고삐를 잡아채듯 재빨리 고개를 돌려 버렸다. "그보다 더 전이었단 얘기지." 그가 무척이나 자연스럽게 응수했다.

"그보다 전이라면 나하고 당구를 치고 있었지." 멜리폰트 경이 그의 말투를 흉내 내며 말했다.

"그건 어제였던 것 같은데요." 보드리가 말했다.

하지만 그는 궁지에 빠지고 말았다. "어제는 아무것도 하지 않았다고 아침에 말하셨잖아요?" 여배우가 그렇게 반박하고 나선 것이다.

"내가 언제 뭘 했는지 정확히는 모르겠소." 보드리는 마음을 가라앉히지 못한 채 자기 앞에 놓인 접시를 물끄러미 내려다보았다.

"우리가 아는 것으로 충분하지." 멜리폰트 경이 미소를 지으며 말했다.

"한 줄이라도 쓴 건가요?" 블랑슈 애드니가 말했다.

"당신에게 그 장면을 읊어 줄 수도 있소." 보드리는 껍질 콩을 집어 먹으며 말했다.

"오, 해봐요, 해봐요!" 우리들 중 두엇이 크게 외쳤다.

"식사를 마친 후에 살롱에서 하도록 하지. 굉장한 선물이 되겠어!" 멜리폰트 경이 선언하듯 말했다.

"잘될지 모르겠지만, 노력해 보죠." 보드리가 대답했다.

"오, 사랑스러운 사람!" 여배우가 미국 코미디에 빠진 사람처럼 미국식으로 환호했다.

"하지만 조건을 달아야겠소." 보드리가 말했다. "당신 남편이 연주를 해줘야겠소."

"당신이 낭독하는 동안 연주를 하라고요? 안 돼요!"

"날 너무 생각해 주는군." 애드니가 끼어들었다.

멜리폰트 경이 그에게 결론을 짓듯 말했다. "서곡을 연주해 주게. 그래야 커튼이 올라가지. 특별하고 즐거운 순간이 될걸세."

"그런데, 보고 읽진 않을 겁니다. 그냥 읊을 겁니다." 보드리가 말했다.

"그래도 좋긴 하지만, 제가 가서 원고를 가져오겠어요." 여배우가 제안했다.

　그러자 보드리는 원고는 신경 쓰지 말라고 대답했다. 한 시간 뒤 살롱에 모인 우리는 당연히 그가 원고를 가지고 있을 거라 믿고 있었다. 우리는 애드니의 마법 같은 바이올린 연주에 홀린 채로 기대에 부풀어 앉아 있었다. 그의 아내는 맨 앞자리 쿠션 달린 상자 모양의 의자에 앉은 채로 안절부절못하는 표정이었고, 늘 그랬듯 따로 마련된 의자에 앉아 있는 멜리폰트 경은 우리의 소규모 회합을 무슨 사회과학 집회나 시상식처럼 만들어 놓았다. 그런데 낭독을 시작하는 줄 알았던 우리의 '길들여진 사자'는 불협화음을 내듯 으르렁거리고만 있었다. 말을 완전히 잊어버린 사람 같았다. 보드리는 아주 참담한 표정으로, 단 한 줄도 읊조리지 못했다. 머릿속이 텅 비어 있는 듯했다. 하지만 전혀 부끄러워하는 것 같지 않았다. 사실 그는 살면서 한 번도 부끄러움을 내비친 적이 없었는데, 쉽게 동요되지 않는 명랑한 성격을 타고났기 때문이었다. 때문에 자신이 이토록 바보가 될 줄은 상상도 못했다고 말해도, 그에게 이 일은 나중에는 그저 즐거운 추억거리가 될 것만 같았다. 우리는 마치 그가 계획적으로 우리를 갖고 논 것 같다는 굴욕감을 느꼈다. 그러자 늘 그랬듯, 멜리폰트 경이 재치 있는 솜씨로 우리 모두의 마음을 달랬다. 그는 어색한 침묵을 돌파해 내는 특유의 매력적인 솜씨로(그는 코미디 프랑세즈✤의 배우처럼 읊어 댔다), 과거 자신이 중대한 상황에서 어

✝ 사생활 ✝

떻게 무너졌는지를 말해 주었다. 수많은 청중 앞에서 연설을 하려는데 깜빡 잊고 메모를 안 가지고 온 것을 알고는, 자신을 주목하고 있는 수많은 눈들을 마주한 채 그 끔찍한 연단 위에서 말을 더듬으며 혹시 메모지가 있을까 주머니를 뒤졌다고 했다. 경의 얘기는 보드리의 어줍은 농담보다 훨씬 멋졌다. 가벼운 몸짓으로 당황스러운 상황을 무마시키는 경의 그 화려한 '공연'은 우리의 넋을 빼놓았다. 사람들이 그의 명성에서 오점을 발견하지 못하는 것은, 굳이 찾으려 하지도 않는 것은, 바로 경의 이런 노력과 '공연' 덕분이었다.

"연주를 계속해요, 연주를!" 블랑슈 애드니는 무대 위에서 일어나는 우연한 사고들이 늘 음악 속으로 묻혀 들어갔다는 것을 기억하면서, 그녀의 남편에게 손가락을 까닥거리며 외쳤다. 애드니는 바이올린에 운명을 맡긴 사람처럼 다시 연주를 시작했고, 나는 클래어 보드리에게 지금이라도 사람을 보내 원고를 가져오게 하라고 했다. 내게 그걸 시켰다면 당장 그의 방으로 갔을 것이다. 그러나 그는 이렇게 대답했다. "친애하는 후배님, 원고가 없다는 사실이 두려울 뿐이네."

"그럼 아무것도 안 쓰셨다는 말씀인가요?"

"내일쯤 쓸 생각이었지."

....
❖ 프랑스 국립극단.

"장난치지 마세요." 황당한 표정으로 내가 말했다.

보드리가 주뼛거리다가 말했다. "있다면 왜 보여 주지 않겠나."

그때 누군가가 그에게 말을 걸었고, 멜리폰트 부인이 우리의 흐트러진 주의를 바로잡아 주듯 부드러운 목소리로 애드니 씨가 지금 매우 아름다운 곡을 연주하는 중이라고 말했다. 전에도 그녀의 얼굴에 음악을 무척이나 좋아한다고 쓰여 있는 걸 본 적이 있었다. 그때 그 조용한 배 안에서, 그녀는 늘 음악을 듣고 있었다. 보드리는 약간 얼이 빠진 상태였지만, 그것이 내가 그의 방으로 가는 걸 허락한다는 걸 의미하는 것 같지는 않았다. 나 역시 그보다는 블랑슈 애드니와 얘기를 나누고 싶었다. 그녀에게 은밀히 물어보고 싶은 게 있었기 때문이다. 하지만 그녀의 남편이 연주를 하는 동안 모두 입을 다물고 있었기에, 하는 수 없이 다른 기회를 기다려야 했다. 일찍 잠자리에 드는 게 우리들에겐 일종의 의식과 같아서, 저녁 시간이 그다지 많이 남아 있지 않았다. 다행히 나는 여배우에게 말할 수 있는 기회를 포착하고는, 보드리 씨가 자신의 원고를 내게 넘겨줄 것 같다고 말했다. 그러자 그녀는 자기를 존중한다면 당장 그 원고를 갖다 달라고 했다. 지금은 그가 원고를 낭독하기에는 늦은 시간이었고, 아까와 같은 마술적인 분위기도 아니었다. 하지만 그런 데엔 신경 쓰지 않는 태도였다. 하기야 그녀가 직접 읽어 보는 데는 그다지 늦은 시간도 아니었다. 그렇다면 그 귀중한 원고를 손에 넣기 위해 시간을 지체할 이유가 없었다. 그렇지만 나는 그 전에 그녀에게 잠깐만 내 말을 들어 달라고 했다. 저녁 식사 전, 그러니까 그녀가 멜리폰트 경과 함께 산에 있는 동안 무슨 일이 있었냐고 물었다.

"무슨 일이 있었다는 걸 어떻게 아셨나요?"

"당신의 얼굴에 그렇게 쓰여 있던데요."

"그게 바로 사람들이 절 배우라고 부르는 이유죠!" 애드니 부인이 소리를 높였다.

"사람들이 나는 뭐라고 부릅니까?" 내가 따지듯 물었다.

"당신은 마음의 탐색자죠. 하찮은 것들을 찾고 있는."

"그 탐색자는 당신을 위한 희곡을 쓰고 싶어 해요!" 나는 버럭 소리를 질렀다.

"사람들은 당신이 뭘 쓰건 상관하지 않을걸요. 당신은 굴러 들어온 복덩이도 걷어차 버리는 사람이니까."

"하지만 난, 상연되는 연극들을 빼놓지 않고 보고 있어요." 내가 선언하듯 말했다. "오늘 밤은 세상이 모두 연극판이군요."

"세상이? 대체 뭐가 있다고 그래요. 아무것도 없는데! 중요한 건 제 책상 서랍에 보드리의 원고가 있어야 한다는 거라고요."

"둘러대는 걸 보니, 그 사람과 빙하 위에서 사랑이라도 나눴나 보죠?" 나는 계속 밀어붙였다.

그녀는 나를 쏘아보다가 갑자기, 점점 고조되는 웃음을 터뜨렸다. "멜리퐁트 경 얘길 하는 건가요? 오호, 빙하 위에서! 앞으로 사랑을 나누고 싶으면 거길 꼭 가봐야겠군요!"

"그 사람이 크레바스에 빠지기라도 했나요?" 나는 얘기를 그칠 마음이 없었다.

블랑슈 애드니는, 저녁 식사 전 손에 꽃다발을 들고 나타났을 때 그랬던 것처럼 나를 유심히 바라보았다. "그 사람이 어디에 빠졌었는지 생각나면 내일 말씀드리죠."

"그 사람이 어디든 떨어지긴 했나 보죠? 그래서 어떻게 됐어요?"

"아마도 올라왔겠죠." 그녀가 웃음을 터뜨렸다. "내가 왜 이런 얘기를 하고 있는지 모르겠네요."

"오늘 나한테 얘기해야 할 이유가 백 개도 넘습니다."

"그 이유를 곰곰이 생각해 봐야겠네요. 수수께끼를 풀 듯이."

"수수께끼를 풀고 싶다면 하나 더 드리죠." 내가 말했다. "그 대문호한테 대체 무슨 일이 있는 겁니까?"

"대문호가 어쨌는데요?"

"모두 위장했던 겁니다. 보드리는 한 줄도 쓰지 않았어요."

"가서 그분의 원고를 갖고 오시죠. 그럼 볼 수 있을 테니까."

"그 사람에 대해 폭로하긴 싫습니다."

"만약 내가 멜리퐁트 경에 대해 폭로하겠다면 어찌시겠어요?"

"오, 그에 관한 일이라면 저도 뭐든 하겠습니다." 나는 인정했다. "하지만 보드리가 왜 거짓말을 했을까요? 정말 이상해요."

"나는 저분이 정말 이상해요." 블랑슈 애드니는 의아한 표정으로 멜리폰트 경을 바라보며 내 말을 따라 했다. 그러다가 뭔가 생각났다는 듯 그녀가 말했다. "가서 저분의 방을 살펴봐 주세요."

"멜리폰트 경의 방을?"

그녀가 재빨리 내게로 고개를 돌렸다. "그게 한 가지 길이 될 거예요!"

"무슨 길?"

"저 사람을 폭로하는 길 말이에요!" 그녀가 명랑하고도 흥분해서 말했다. 그러다가 갑자기 감정을 자제하고는 덧붙였다. "우리가 무슨 헛소리를 하고 있는 거죠?"

"우리 둘 다 뒤죽박죽인 상태네요. 하지만 당신의 생각에 감명받았어요. 멜리폰트 부인에게나 가보시지요."

"어머나, 그녀가 절 보고 있었네요!" 애드니 부인은 이상한 연극 대사를 읊조리듯 중얼거렸다. 그러고는 마치 환상을 걷어내듯 예쁜 손을 들어 올리더니, 고압적으로 외쳤다. "원고를 가져다주세요. 그 원고나 가져다 달라고요!"

"그렇게 하겠지만," 내가 대답했다. "앞으론 내가 희곡을 쓸 수 없을 거라고 말하진 말아 주시죠."

 그녀는 나를 남겨 두고 자리를 떴다가 돌아와서 자신이 만든 생일 수첩❖ – 우리로 하여금 여러 날을 공포에 떨게 했던 그 수첩 – 에 서명을 해달라고 했다. 그것은 내 명예를 세워 주는 요청이었지만, 다른 사람들에게 서명을 부탁하면서 나만 빼버릴 수 없어서 하는 행동일 수도 있었다. 나는 두 개의 날짜를 두고 미적거리다가 가능하다면 둘 다에 적어 넣게 해달라고 말했다. 그러자 그녀는 사람은 누구나 한 번만 태어난다고 대꾸했고, 나는 당신을 알게 된 날 다시 태어났기 때문이라고 대답했다. 나는 사람들의 서명을 유심히 살펴보면서, 우리가 이 거래를 성사시키기 위해 몇 분의 시간을 허비했다는 사실을 주지시키기 위해 여러 소리를 지껄여 댔다. 여자는 수첩을 가지고 홀을 나갔다. 그제야 나는 일행들이 모두 떠났다는 걸, 이 조그만 살롱에 나만 홀로 남겨져 있다는 걸 깨달았다. 나는 조금 낙심한 상태였다. 보드리가 잠자리에 들었다면 그를 귀찮게 하고 싶지는 않았다. 하지만 그렇게 머뭇거리고 있다가 나는 보드리가 아직 자러 가지 않았음을 알게 되었다. 창문이 하나 열려 있었는데, 그 창을 통해 블랑슈와 그가 테라스에 나와 밤하늘의 별에 관해 얘기를

❖ 생일을 적어 두는 수첩으로 상류사회의 사교계에서는 일종의 돈독한 친분 관계를 입증하는 자료가 된다.

나누는 소리가 들려왔던 것이다. 나는 그들의 동태를 살피며 창가로 다가갔다. 알프스의 밤은 장관이었고, 그 속에 두 사람의 모습이 보였다. 망토를 들고 있는 여배우의 모습은 언젠가 무대 한쪽 끝 대기실에서 바라보았던 그녀의 모습과 비슷했다. 두 사람은 한동안 아무 말이 없었고, 멀지 않은 곳에서 급류가 우르릉거리며 흘러가는 소리가 들려왔다. 돌아서서 조용히 타오르는 등불을 바라보았을 때 묘안이 하나 떠올랐다. 일행들이 모두 흩어졌으니 – 사실 전원의 경치를 감상하기엔 늦은 시간이었다 – 남은 건 우리 셋뿐임이 분명했다. 만약 클래어 보드리가 원고를 써놓았다면, 그리고 그걸 우리에게만 낭독해 준다면, 그 시간은 정말이지 잊을 수 없는 추억이 될 것이었다. 나는 그의 원고를 가지고 내려와서 두 사람이 살롱으로 들어올 때 자연스럽게 그들과 마주치겠다는 계획을 세웠다.

 나는 살롱을 떠나 보드리의 방으로 향했다. 그의 방은 이층 긴 복도의 마지막 방이었다. 1분쯤 뒤 나는 노크를 생략한 채 그의 방문을 자연스럽게 밀었다. 당연히 아무도 없는 방은 어둠에 싸여 있었다. 복도에 불을 켜두지 않는 시각이라 문을 열어 두어도 여전히 어두웠다. 커튼이 드리워진 창문 틈새로 비치는 희미한 별빛만으로는 원고를 찾기가 어려웠다. 주머니에 들어 있는 조그만 성냥갑을 확인하고는 그것을 꺼내려는 순간, 나는 깜짝 놀라 흠칫 동작을 멈추었다. 비명을 지르든, 사과의 말을 하든,

뭔가를 해야 할 판이었다. 나는 다른 방에 잘못 들어온 것이었다. 창문 가까이에 놓인 책상에 어떤 형상이 앉아 있었다. 처음에는 그게 의자 등받이에 걸쳐져 있는 여행용 담요라고 생각했다. 나는 무단 침입을 했다는 생각에 뒤로 슬금슬금 물러났다. 그때 두 가지 생각이 재빨리 뇌리를 스쳤다. 우선 이곳은 분명 보드리의 방이라는 것이었고 다른 하나는, 정말 이상한 얘기지만, 책상 앞에 앉아 있는 게 보드리라는 사실이었다. 문가에 바짝 붙어 선 채로 나는 잠시나마 혼란스러움을 느꼈지만 상황을 확인하기에 앞서 냅다 소리부터 질렀다. "맙소사! 누구예요? 보드리, 당신인가요?"

웬일인지 그는 돌아보지도, 대답을 하지도 않았다. 하지만 내 물음은 즉각적인 반응을 불러왔다. 복도 건너편 문이 열렸던 것이다. 촛불을 든 종업원 하나가 문 밖으로 모습을 드러냈다. 그 일렁이는 불빛의 도움을 받아 나는 책상 앞에 앉은 남자의 정체를 흐릿하게나마 확인할 수 있었다. 그는 분명히 조금 전 애드니 부인과 대화를 나누고 있던 테라스의 그 남자였다. 등을 반쯤 내 쪽으로 돌린 채로 뭔가를 쓰고 있는 듯 탁자에 몸을 웅크리고 있었다. 사람을 잘못 보았다는 생각은 추호도 들지 않았다. "죄송합니다. 아래층에 계신 줄 알았어요." 그는 내 말을 듣는 것 같지도 않았지만 나는 덧붙였다. "바쁘시면 방해하지 않을게요." 그 길로 나는 방을 나와 문을 닫았다. 그의 방에 있었던 건 채 1분도

되지 않았다. 나는 이상한 느낌에 휩싸였고, 그 느낌은 점점 더 깊어져 갔다. 나는 여전히 문고리에 손을 얹은 채로, 태어나서 느껴 보는 가장 이상한 기분 속에 빠져 있었다. 책상 앞에 앉아 뭔가를 쓰고 있던 보드리의 모습은 너무도 자연스러웠다. 하지만 왜 깜깜한 어둠 속에서 글을 쓰고 있었을까? 그리고 왜 내게 아무 대답도 하지 않았을까? 나는 무슨 소리라도 들릴까 싶어 문가에 붙어 귀를 기울인 채 얼마간 기다렸다. 쓰는 일에 너무 몰두한 나머지 나를 알아보지 못했다는 걸 - 위대한 작가에게 충분히 일어날 수 있는 일이었다 - 뒤늦게야 깨닫고 이렇게 말할지도 모르기 때문이었다. '이런, 자네였어?' 그러나 고요만이 내 귀를 적실 뿐이었다. 예상치 못한 상황에 봉착한 나는 별빛이 내린 방 어귀에 멍하니 서 있다가 천천히 발길을 되돌려 혼란스러운 걸음으로 계단을 내려갔다. 살롱은 여전히 등이 켜져 있었지만 텅 비어 있었다. 나는 호텔 출입문을 지나 밖으로 발길을 옮겼다. 테라스 역시 비어 있었다. 블랑슈 애드니와 미지의 신사는 방으로 돌아간 게 확실했다. 나는 5분쯤 꼼짝도 않고 거기 서 있다가 침실로 향했다.

  마음이 심란해서 잠자리가 편치 않았다. 한밤에 일어난 이상한(그게 얼마나 이상한 일이었는지는 곧 알게 될 것이다) 일은 되짚어 볼수록 마음을 혼란스럽게 했다. 괴상한 일일수록 처음엔 별일 아닌 듯해도 깊이 생각하다 보면 점점 더 괴상해지는 법이다.

그래서 이해하기까지는 시간이 어지간히 걸리는 것이다. 은근히 부아가 치밀기도 하고, 깜짝깜짝 놀라기도 했다. 하지만 아침에 일어나서 블랑슈 애드니에게 전날 밤 테라스에 누구와 함께 있었냐고 물어보면 문제는 간단히 해결될 것이다. 그렇지만 정말 이상하게도 정작 해가 뜨자 – 멋진 일출이었다 – 나는 그 궁금증을 해결하기보다는 떨떠름한 기분을 그냥 던져 버리는 게 낫겠다 싶었다. 아무 걱정 없던 어린 시절에 그랬듯이 화창하게 갠 산속의 호젓한 길을 걷다 보면 떨떠름한 기분이 사라질 것 같았다. 그래서 일찌감치 복장을 갖춰 입고는 사람들 사이에 끼어 커피를 마시고 난 뒤, 한쪽 주머니엔 커다란 롤빵을 다른 한쪽엔 조그만 휴대용 술병을 넣고, 손에는 통통한 지팡이를 들고서 산정으로 향했다. 그곳에서 보낸 매혹적인 몇 시간 – 진한 추억을 만들어 낸 시간 – 은 이 소설에서 내가 하려는 이야기와는 별 상관이 없다. 나는 산등성이를 어슬렁거리면서 그 매혹적인 시간의 반을 썼고, 나머지 반은 경사진 풀밭에 누워 있었다. 모자로 얼굴을 덮은 채 엄청난 장관을 엿보면서, 온화한 고요 속에서 산벌이 윙윙 날아다니는 소리를 들었다. 그러자 모든 것들이 가라앉고 희미해졌다. 클래어 보드리는 점점 작아졌고, 블랑슈 애드니는 점점 희미해졌으며, 멜리폰트 경은 점점 사위어 갔다. 낮이 저물기 전에 나를 혼란에 빠뜨렸던 그 모든 것들을 잊을 수 있었다. 호텔로 돌아왔을 때는 해가 저물고 있었고, 내가 차려입고

† 사생활 †

저녁 식사 시간에 때맞춰 나타났을 때 사람들은 모두 식탁에 앉아 있었다.

사람들 사이에 있자니 나를 괴롭혔던 문제가 다시금 떠올랐고, 혹시나 보드리가 나를 이상하게 보지는 않을까 궁금했다. 하지만 그는 아예 나를 쳐다보지도 않았다. 사실 맞은편에 앉아 있는 그에게 궁금한 걸 물어보면 그만이었지만 웬일인지 나는 주저하고 있었다. 낮 동안 나의 불안한 마음을 멀리로(혹은 저 아래로) 떨치고 돌아왔음을 다시 떠올리며 시간을 벌었다. 그러자 주저하는 내가 부끄럽지도 않았고, 오히려 분별 있게 행동하는 거라는 생각이 들었다. 내가 막연하게나마 느낀 것은 사람들 앞에서 보드리에게 대답을 요구한다는 게 공정하지 않다는 사실이었다. 물론 멜리폰트 경이 그 자리에 있었으므로 문제가 생기면 완벽한 솜씨로 진정시켜 주긴 할 것이었다. 하지만 경에게도 그런 화제는 꽤나 불편할 거라는 생각이 들었다. 식사를 마치고 모두들 자리에서 일어나자, 나는 애드니 부인에게로 가서 날씨가 좋으니 잠시 밖으로 나가 산책을 하지 않겠냐고 청했다.

"당신은 벌써 백 마일이나 산책을 하고 왔잖아요? 그냥 있는 게 좋지 않을까 싶은데요."

"내게 뭔가를 들려주시면 백 마일은 더 걸어도 괜찮습니다."

그녀는 뭔가를 눈치챈 듯 나를 바라보았는데, 그 눈빛은 클래어 보드리에게서 찾으려 했지만 찾을 수 없었던 바로 그것이었다. "멜리폰트 경과 관련된 걸 말하는 건가요?"

"멜리폰트 경과 관련된 거라니요?" 뜻밖의 물음에 나는 맥락을 놓쳐 버렸다.

"대체 기억을 어디다 갖다 놓으셨나요? 지금 지난밤 얘길 하는 거 아니었나요?"

"아, 그랬죠!" 나는 그제야 어젯밤 그녀와 나누었던 대화를 떠올리며 큰 소리로 말했다. "그래요, 많은 얘길 했었죠." 나는 그녀를 테라스로 끌어내고는, 세 걸음도 떼기 전에 물었다. "어젯밤에 여기 함께 있던 사람이 누구였죠?"

"어젯밤?" 맥락을 놓친 건 그녀도 마찬가지였다.

"어제 10시쯤, 사람들이 막 흩어진 뒤에 신사 한 분과 여기로 나왔잖습니까. 뭔 얘기를 나누는 것 같던데."

그녀는 잠시 나를 노려보더니 웃음을 터뜨렸다. "친애하는 보드리 씨를 질투하시는 건가요?"

"그럼, 그 사람이 보드리……?"

"물론이죠."

"얼마나 같이 있었나요?"

"당신 참 고약하시네요. 15분쯤이었나? 어쩌면 그보다 조금 더 있었는지도 모르죠. 그 사람은 자신이 쓰고 있는 희곡 얘기를 했어요. 뭘 더 듣고 싶은 거죠? 제가 마술이라도 부렸을까 봐 그래요?"

"그러고 나서 보드리는 무얼 했습니까?"

"나야 모르죠. 그 사람을 놔두고 나는 곧바로 자러 갔으니까요."

"그때가 몇 시쯤이었죠?"

"당신은 몇 시쯤에 잤는지 알아요? 나는 기억하고 있어요. 보드리 씨와 헤어진 건 10시 25분이었어요. 살롱에다 책을 놓고 와서 가지러 갔다가 시계를 봤거든요."

"그러니까 당신과 보드리는 분명히 여기 이 자리에, 10시 5분부터 그 시각까지 함께 있었다?"

"확실하게 말할 수 있는 건 우린 아주 즐거웠다는 거예요. 산책은 어디로 가실 거죠?" 블랑슈 애드니가 물었다.

"간단히 말씀드리죠. 바로 그 시간에 당신의 친구는 당신과 함께 있었고, 또한 자신의 방에서 문학 작품을 쓰시느라 아주 바쁘셨어요."

내 얘기에 그녀는 걸음을 멈추었고, 어둠 속에서 그녀의 눈은 자신의 진실성을 의심하는 거냐고 묻고 있었다. 나는 정반대라고, 나는 당신의 진실을 보완해 주려는 거라고, 이건 무척 흥미로운 상황이라고 대답했다. 그러자 그녀는 자신이 나의 진실을 보완해 준다면 모를까 전혀 흥미롭지 않다고 되받았다. 하지만 그때 나는 당신과 관련된 원고의 행방을 추적하다가 그런 사건과 마주친 거라고, 어떻게 그 사실을 까맣게 잊어버릴 수가 있냐고 하자 비로소 그녀는 내 얘기를 받아들였다.

"그 사람 얘기에 완전히 취해 버려서, 당신에게 원고를 가져오라고 한 걸 깜빡했어요. 그 사람은 어떻게든 살롱에서 저지른 실수를 만회하려고 하면서, 제게 희곡의 한 장면을 낭송해 주었죠." 그러고는 벤치에 잠시 걸터앉아 내게 이것저것 묻더니 환하게 웃으며 말했다. "그 천재, 참으로 기이한 존재네요!"

"상상할 수 없을 정도로."

"엄청나게 미스터리한 존재예요!"

"당신도 그 미스터리를 알아야 해요. 그래 봐야 내가 받은 충격은 그대로겠지만."

"그 사람이 보드리 씨였다는 게 확실한가요?"

"그 사람이 아니었다면, 그 사람하고 똑같이 생긴 어떤 낯선 신사가 야심한 시각에, 그것도 어둠 속에서 그 사람의 책상에 앉아 글을 쓰고 있었다는 건데, 그런 사람이 세상이 있을까요?" 나는 강한 어조로 덧붙였다. "제 말이 놀랍게 들리시겠지만 분명 사실입니다."

"그러게요, 왜 불도 안 켜고……." 애드니 부인이 생각에 잠겨 우물거렸다.

"고양이들은 어둠 속에서도 잘 볼 수가 있죠." 내가 말했다.

그녀는 희미하게 웃으며 말했다. "고양이처럼 생겼던가요?"

"천만에요, 부인. 보드리의 저 훌륭한 작품들을 쓴 작가처럼 생겼더군요. 우리들의 친구인 그 사람보다 훨씬 더 그 사람처럼 보이던걸요." 내가 선언하듯 말했다.

"그러니까 그 사람은 분명 그 사람이었다?"

"그래요. 당신과 같이 식사를 하고, 당신을 실망시켰던 바로 그 사람."

"절 실망시켰다니요?" 애드니 부인이 멍하니 중얼거렸다.

"그는 나를 포함해, 그가 쓴 문장들을 사랑해 온 모든 사람을 실망시켰죠. 그 사람이 읊어 준 대사 속에 있으니 어땠나요?"

"지난밤 그 사람은 눈부셨어요." 여배우가 말했다.

"그 사람이야 항상 눈부시죠. 아침에 목욕을 한 당신만큼이나. 소의 등심이나 브라이튼 행 기차만큼이나. 그렇지만 그 사람은 진기한 존재는 아닙니다."

"무슨 말씀이신지는 알겠어요."

"제가 종종 궁금해하던 의문이 있었는데, 이젠 알겠어요. 세상에는 정말로 도플갱어가 있다는 것을."

"정말 기발한 생각이군요!"

"한 사람은 밖으로 나가고, 나머지 한 사람은 방에 머물렀던 거죠. 한 사람은 천재적인 작가고, 다른 한 사람은 부르주아란 말입니다. 여기저기 쏘다니며 수다를 떨고 인기도 많은, 당신과 장난삼아 연애도 하는……."

"그걸 간파하시다니, 진짜 천재는 당신이군요!" 애드니 부인이 내 말을 끊으며 끼어들었다. 그러고는 덧붙였다. "당신의 그 비범함에 탄복하지 않을 수가 없네요."

나는 그녀의 팔에 손을 얹고는 말했다. "그 사람을 잘 살펴보세요. 시험 삼아 그 사람 방에 한번 가보는 게 어때요?"

"그 사람 방에 가보라고요? 그건 옳은 방법이 아니에요!" 그녀는 자신이 출연한 가장 재밌는 연극에서 한 어투로 말했다.

"의문을 풀기 위해 적절하지 않은 방법이란 없어요. 만약 방에 있는 그를 알아본다면 모든 의문은 풀릴 거예요."

"그럼 정말 멋지겠는걸요. 간단히 풀린다면야 얼마나 좋겠어요!" 그녀는 잠깐 생각에 잠겼다가 불쑥 말했다. "지금 당장 그렇게 하는 게 좋겠단 말씀인가요?"

"당신만 좋다면 언제든."

"하지만 잘못된 사람을 만나게 되면 어떻게 하죠?" 블랑슈 애드니는 강렬한 눈빛으로 쏘아보며 물었다.

"잘못된 사람? 그럼 올바른 사람은 누굽니까?"

"여자더러 가서 살펴보라고 하는 사람은 잘못된 사람이죠. 제가 만약 그 천재를 찾지 못한다면?"

"그럼 제가 다른 사람을 찾아보도록 하죠." 그러고는 주위를 둘러보며 덧붙였다. "말조심해야겠어요. 멜리폰트 경이 이리로 오고 있어요."

"당신이 저분을 살펴봐 주면 좋을 텐데." 그녀가 웅얼거리는 소리로 말했다.

"경에게 무슨 문제라도?"

"제가 말씀드리려던 게 바로 그거예요."

"이제 말해 봐요. 경이 이리로 올 것 같진 않네요."

블랑슈 애드니는 잠시 경을 바라보았다. 호텔 밖으로 나온 멜리폰트 경은 우리와 좀 떨어진 곳에서 걸음을 멈추고는 생각에 잠긴 듯 시가를 피워 문 채 눈앞에 펼쳐진 경치를 그윽한 눈길로 바라보며 서 있었는데, 어스름 속에서도 그 모습이 훤히 보였다. 우리는 방향을 바꾸어 천천히 걸음을 옮겼다. 그녀가 이내 말했다. "제 생각이나 당신 생각이나 우스꽝스럽긴 마찬가지군요."

"내 생각은 우스꽝스러운 게 아닙니다. 아름다운 거죠."

"하기야 우스꽝스러운 것만큼 아름다운 것도 없죠." 애드니 부인이 선언하듯 말했다.

"당신이 뛰어난 관찰자라면 저는 뛰어난 경청자죠. 그러니 말해 봐요." 나는 호기심을 느끼며 그녀의 말을 기다렸다.

"만약 클래어 보드리 씨가 두 개의 존재라면, 그 잘난 멜리폰트 경은 정반대의 이상한 존재라는 뜻이에요. 그는 심지어 하나의 온전한 존재도 아닌 것 같아요."

우리는 동시에 걸음을 멈추었고, 내가 말했다. "이해가 안 되네요."

"저도 그래요. 그저 보드리 씨가 두 개의 존재를 가지고 있다면, 멜리폰트 경은 모두 합쳐 하나의 존재도 아니라는 생각이 들어요."

나는 조금 생각해 보고는 웃는 얼굴로 말했다. "무슨 말인지 알겠어요!"

"당신 혼자 경을 본 적이 있어요?" 그녀가 물었다.

나는 기억을 더듬어 보고는 말했다. "그럼요. 그분이 날 보러 오셨을 때요."

"그 사람이 혼자 오진 않았겠죠."

"나 혼자 그분을 보러 간 적도 있었어요. 그분의 서재로."

"당신이 거기 있었다는 걸 그분이 아셨나요?"

"당연하죠. 제가 간다고 알려 드렸으니까요."

블랑슈 애드니는 사랑스러운 공모자의 눈길로 나를 바라보며 말했다. "알리지 말았어야 했어요!" 그러고는 그녀는 다시 걸음을 뗐다.

나는 숨도 쉬지 않고 곧바로 대꾸했다. "그분이 내가 왔는지 모르는 상태에서 몰래 가봐야 한다는 건가요?"

"불시에 가야만 해요. 그분의 방으로. 그러지 않으면 그분의 정체를 알아낼 수가 없어요."

내가 그때 만약 그런 식으로 미스터리를 풀어 보겠다고 의기양양하게 나섰더라면, 나 또한 어쩔 수 없이 적잖은 혼란에 빠졌을 것이다. "그럼 그분이 하나의 존재도 가지고 있지 않다는 사

† 사생활 †

실을 내가 어떻게 알게 되는 거죠?"

"그가 있다는 걸 당신이 알 때."

"무슨 말인지 모르겠군요."

"어쨌거나 당신은 아무것도 보지 못해요!" 애드니 부인이 외쳤다.

우리는 테라스 끝까지 걸어갔다가 멜리폰트 경과 얼굴을 마주 볼 수 있도록 몸을 돌렸다. 다시 걸음을 떼기 시작한 경은 전혀 서두르는 기색 없이 우리를 그냥 지나쳤다. 달려가는 커다란 기차를 연상시키는 그의 멋진 뒤태는 전형적인 저명인사의 모습이었다. 그러다가 경은 걸음을 멈추고는 우리를 향해 미소를 지으며 맑게 갠 밤의 풍경 속에서 한쪽 손을 흔들었다(마치 알프스의 산들을 설명하는 안내자처럼 보였다). 경은 독특한 시가 향기뿐 아니라 자신의 모든 독특함을 내뿜으며, 너무나도 수려한 얼굴을 들어 올렸다. 완벽한 그의 모습은 사람들의 시선을 무척이나 당연하게 받아들이는 인기인처럼 보였다. 그 모습에서 나는 블랑슈 애드니가 가진 의문에 대한 멋진 답 하나를 읽어 낼 수 있었다. 경은 완전한 공인이어서 사생활이라는 걸 전혀 가질 수 없는 사람이었는데, 그건 마치 클래어 보드리가 완전히 사인이어서 어떤 공적인 생활도 가지지 못하는 것과 마찬가지였다. 그 뒤로는 블랑슈 애드니의 말을 반쯤밖에 듣지 못했는데, 멜리폰트 경이 우리 뒤편에서 걸어오고 있었기 때문이었다(그가 애드니 부인을 좋아하는 건 사실이었지만 그건 어디까지나 사교계 안에서의 일에 불과했다). 그의 다양한 주제의 이야기를 반 시간 동안 들으며, 블랑슈 애드니와 내가 함께 찾아낸 그의 태연자약한 이중성을 실감할 수 있었다. 그건 무척이나 즐거운 탐구였는데, 나 혼자가 아니라 무대 위에서 여배우와 함께 연기를 하면서 발견하게 된 것 같아서 더욱 그랬다. 나는 그녀와 내가 비밀을 나누어 가졌다는 사실을 수치스럽게 생각하지 않았는데(비록 두 가지 비밀 중에서 내 비밀이 저명인사의 것이라는 점에서 더욱 중요했음에도 불구하고), 그건 내가 잔인하지도 않지만 반대로 부드러움이나 동정심도 가지고 있지 않기 때문이었다. 경은 내게 그저 안전한 사람일 뿐이었다. 나는 갑자기 우주를 주머니 안에 넣은 듯 부유해진 기분이었고 큰 깨달음을 얻은 듯했다. 왜냐하면 귀족들의 세계에서는 그런 식의 아름다운 일들이 일어날 수 없다고 생각해 왔기 때문이었다. 그러나 잘난 체하는 소리로 들릴지 모르겠지만, 경은 자신이 하고 싶은 대로 하는 사람일 뿐이라고 생각한 것도 사실이었다. 겉으로 드러내진 않았지만 그의 완벽주의가 측은하기도 했다. 가면처럼 무표정한 얼굴로 지독하게 이기적인 정실부인에 만족하며 살아가는 그 끔찍한 시간들을 생각하면 동정심이 일지 않을 수가 없었다. 집에 있을 때 그는 어떻게 지냈을까? 혼자일 때는 뭘 하며 지냈을까? 그는 부인에게조차 공적인 태도를 유지하고 있었고, 때문에 그녀 역시 나와 비슷한 의문들에 사로잡혀 있을 수밖에 없었다. 그것은 그녀가 가진 영원한 숙제였다. 따지고 보면 블랑슈 애드니와 내가 그의 부인보다 더 많은 걸 알고 있는 셈이었다. 하지만 우리는 그녀에게 그 사실을 말하지 않을 것이고, 말한다고 해서 그녀가 우리에게 고마워하지도 않을 것이다. 그녀는 남편의 모호함이 가져다주는 고상함을 선호했기에 남편과 편하게 지내 보지 못했고, 때문에 뭐라 말할 수 있는 처지가 아니었다. 또한 경 역시 언제나 아내를 대표하는 존재로, 하인들의 영웅으로 존재하고자 했다. 하지만 아무도 보지 않을 때의 그의 모습이 진정으로 그가 되고 싶어 한 모습이 아니었을까. 짐작건대, 그때야 그는 휴식을 취할 것이다. 하지만 어떤 식의 휴식이라야 그의 다양한 면모를 회복시켜 줄 수 있을까? 몰래 동정을 살피기에는 지나치게 자존심이 강했던 멜리폰트 부인은 열쇠 구멍으로 혼자 있는 그를 들여다보기보다는 기품을 유지하며 의문을 묻어 두는 길을 택했을 것이다.

우리가 이미 만들어진 이미지로 그를 보지 않았더라면, 그의 기존의 모습과 새로 알게 된 모습이 그토록 다르게 느껴지지는 않았을 것이다. 하지만 우리가 그의 이면을 알게 되었다고 그가 전보다 더 공적인 존재가 된 것도, 그의 완벽한 매너가 더 완벽해진 것도, 그의 놀라운 재치가 더 놀라워진 것도 아니었다. 나는 다만 어떤 언론사가 사운을 걸고 취재할 만한 사실을 알게 된 사람 같은 기분을 마치 완벽한 음식을 즐기듯이 즐기고 있었다.

그럼에도 불구하고 애드니 부인과 또다시 단둘이 있고 싶어서 저녁에 다시 만나자고 약속했다. 하지만 그 약속은 이루어지지 못했다. 일행들 중 몇몇이 그날 저녁 멜리폰트 경을 찾아와서 경은 다시 세상의 무대로 올라야 했고, 그가 우리에게 멋진 연주를 선사해 준 바이올린 연주자에게 음악 몇 곡을 더 청했기 때문이다. 연주가 끝나기 전 나는 여배우를 놓쳤고, 나중에 살롱의 창을 통해 원고를 읽어 주고 있는 보드리와 함께 있는 그녀를 발견했다. 그 위대한 원고는 그날 쓰여진 것이 분명했고, 그녀는 그 원고의 저자에게 푹 빠진 듯했다. 나는 그들을 혼란스럽게 하지 않는 것이 낫다고 판단하고는 침실로 향했다. 다음 날 아침 일찍 그녀를 찾아가, 전날 낮에 한 약속을 상기시키며 산으로 가자고 했다. 그녀는 기꺼이 동행을 허락했다. 하지만 채 10야드도 가기 전에 그녀는 열정적으로 이렇게 말했다. "경애하는 친구님, 당신이 발견한 다른 보드리가 저에게 어떤 영향을 미쳤는지 상상도 못 할 거예요! 전 다른 건 아무것도 생각할 수가 없어요."

"멜리폰트 경의 정체에 관해선 더 궁금하지 않아요?"

"오, 그 얘긴 지긋지긋해요! 나는 지금 그 사람보다 더 흥미로운, 보드리 씨에 대해 얘기하는 거예요! 전 그 사람의 환영에 매혹되어 버렸어요. 당신은 그걸 뭐라고 부르죠?"

"그를 대체하는 정체성?"

"그의 또 다른 자아라고 하는 게 더 쉽겠네요."

"당신이 그 존재를 사실로 받아들였다는 말인가요?"

"그 정도가 아니죠. 전 그 안에서 기쁨을 누려요! 지난밤에 그 사실을 확실히 알 수 있었어요."

"거기서 그 사람이 읽어 주는 동안에 말이죠?"

"그래요. 그 사람의 원고를 귀로 듣고, 눈으로 읽었어요. 그러니 모든 것이 간단해지더군요."

"굉장한 축복이군요. 그게 그렇게 좋았나요?"

"엄청나게. 그 사람의 낭독은 아름다워요."

"다른 사람이 쓴 것도 거의!" 내가 웃으며 말했다.

내 말에 동행자는 멈칫하더니, 손을 내 팔에 얹으며 말했다. "제가 받은 인상을 고스란히 표현하는군요. 다른 사람의 작품을 읽어 주는 것 같았거든요."

"다른 사람이라!"

"완전히 다른 사람의 것이었어요." 애드니가 말했다. 우리는 산책을 하는 동안 그 '다른 사람'에 대해, 그리고 두 개의 성격이 어떻게 삶을 풍부하게 만들어 주는지에 대해 얘기를 나누었다.

"그 사람 속에 다른 사람이 있다면 그의 생명은 두 배가 되어야 하겠군요." 내가 말했다.

"둘 중 누가 그렇게 될까요?"

"둘 다. 결국 둘은 한 회사에 속한 사원들이니까. 둘 중 한 사람도 다른 한 사람이 없으면 업무를 수행할 수 없죠. 한 사람만 살아남는다는 건 두 사람 모두에게 두려운 일일 거예요."

블랑슈 애드니는 한동안 침묵을 지키다가 주장하듯 말했다. "모르겠어요. 어쨌든 전 또 다른 보드리가 살아남기를 원해요."

"나는 누가 살아남으면 좋겠다고 해야 할까요?"

"나야 모르죠."

"난 당신 마음을 알아요. 당신은 언제나 다른 사람에게 더 끌리죠."

그녀는 다시 걸음을 멈추고는, 주위를 둘러보았다. "여기를 떠나요. 남편에게서 멀리요. 그러면 말씀드릴게요. 전 그 사람과 사랑에 빠졌어요!"

"불쌍한 여자, 그 사람은 열정이라곤 없어요."

"그게 바로 제가 그 사람을 사모하는 이유예요. 저 같은 내력을 가진 여자는 그런 사람을 받아들일 수밖에 없어요. 저는 가엾게도, 제 곁에 있는 사랑은 돌보지 않아요. 거기 보답하려 하지도 않고요. 제 결혼이 그걸 증명하고 있죠. 제 결혼 생활은 파탄 상태예요. 또한 지난밤 보드리 씨가 그 아름다운 원고를 낭독해주었을 때 제가 뭘 갈망했는지 알아요? 그 원고를 쓴 그의 또 다른 자아를 보고 싶다는 미친 듯한 욕망뿐이었어요." 그러고는 마치 부끄러움을 숨기듯, 연극적으로 나를 바라보았다.

"그 또 다른 자아를 분명 다시 볼 수 있을 거예요." 내가 되받았다. "하지만 나 역시 당신이 도발적이고도 그럴듯하게 묘사한 멜리폰트 경의 사생활에 대한 증거를 확보하기 위해 48시간 이상을 기다려 왔다는 사실을 조금이라도 기억해 줘요."

"멜리폰트 경에겐 관심 없다니까요."

"어제는 관심이 있었잖소."

"그랬죠. 하지만 그건 제가 사랑에 빠지기 전이었죠. 그리고 당신은 당신 생각으로 멜리폰트 경을 폄하하려고 했죠."

"그랬다면 사과를 하겠소만……." 내가 호소하듯 말을 이었다. "왜 당신이 경에 대한 의문을 품었는지 정확히 말해 주지 않는다면, 당신 말이 다 꾸며 낸 거라고 생각할 거예요."

"시간을 좀 주세요. 여기 이 푸른 계곡을 돌아다니면서."

우리는 세찬 물길이 부드럽게 바뀌는 매력적인 골짜기로 들어가서 맑은 급류를 따라 가벼운 발걸음을 옮겼다. 나는 계속 걸음을 떼며 동행자의 기억이 살아나기를 기다렸다. 그때 갑자기 저쪽에서 멜리폰트 부인이 걸어오고 있는 게 보였다. 검은색 담비 모피 자락을 끌고 양산을 쓴 채 혼자 풀밭을 거닐고 있었다. 이런 거친 길에서 그녀를 만나다니, 놀라운 일이었다. 옷차림으로 봐선, 뒤편에 하인을 대동하고 잘 닦인 대로를 걷고 있는 것 같았다. 그녀는 우리를 보자 무슨 변명을 해야 할 것 같은 표정으로 얼굴을 붉히더니, 희미하게 웃으며 조금 일찍 산책을 나왔다고 말했다. 우리는 잠깐 동안 의례적인 말들을 주고받았고, 그녀는 남편을 찾아봐야 할 것 같다고 말했다.

"경께서 이쪽으로 오셨나요?" 내가 물었다.

"그럴 거라고 생각해요. 스케치를 하러 한 시간쯤 전에 나갔거든요."

"그분을 찾고 계셨던 거예요?" 애드니 부인이 나섰다.

"뭐 조금. 많이는 아니고." 멜리폰트 부인이 대답했다.

두 여자는 많은 말들이 담긴 눈빛을 주고받았다. 적어도 내게는 그렇게 보였다.

"저희도 찾아보겠습니다." 애드니 부인이 말했다.

"그러지 않으셔도 돼요. 둘만 있을 생각이니까요."

"부인께서 원치 않으신다면 경께서도 스케치를 그만두실 거예요." 나의 동행자가 무슨 암시를 건네듯 말했다.

"당신이 원한다면 그렇게 하겠죠." 멜리폰트 부인이 맞받았다.

"경께서는 돌아오실 겁니다." 내가 끼어들었다.

"저희가 여기 있다는 걸 아시면 분명 그러실 겁니다!" 블랑슈 애드니도 거들었다.

"저희가 찾아 드릴 테니 기다리고 계시겠습니까?" 내가 멜리폰트 부인에게 물었다.

그녀는 거듭 신경 쓰지 말라고 말했지만, 애드니 부인이 질기게 밀어붙였다. "저희가 좋아서 하는 일이에요."

"유쾌한 탐험이 되길 바랍니다." 그녀는 귀부인답게 말했다. 경에게 부인이 찾고 있다는 얘기를 전할 것인지를 생각하던 차에 부인이 몸을 돌려 잠깐 멈칫하다가 투박하게 내뱉었다. "아무래도 여러분들은 나서지 않는 게 좋겠어요." 그러고는 우리를 떠나 골짜기 아래쪽으로 무척이나 완고하게 걸음을 옮겼다.

우리는 그녀의 뒷모습을 한참 동안 지켜보다가 서로를 바라보았다. 경쾌한 웃음의 유령이 여배우의 입술 위로 찰랑거렸다. "저 여잔 멜리폰트 경을 찾아 관목 숲을 헤맬 게 뻔해!"

"당신도 알겠지만, 그녀는 의심하고 있어요." 내가 말했다.

"그래도 자신이 의심한다는 걸 경께서 알게 되는 걸 원치는 않을걸요. 그럼 경이 그린 스케치는 없을 테니까요."

"우리가 경을 불시에 찾아가지만 않으면……." 내가 말을 이었다. "경이 우아한 태도로 만들어 내고 있는 뭔가를 발견하게 되겠군요. 얼마나 엄청날까요?"

"그분을 혼자 계시도록 놔두죠. 혼자서 호텔로 돌아오시나 두고 봐요."

"그래 봐야 다시 사람들에게 둘러싸이겠죠!"

"아마도 그분은 들판의 소들을 위해서라도 그렇게 할걸요." 블랑슈 애드니가 말했다. 내가 그녀의 불경한 언사를 힐책하자 그녀가 덧붙였다. "제가 우연히 발견한 건 아주 단순했어요."

"무슨 소리요?"

"그저께 일요."

"아, 마침내 털어놓으시는군!"

"별거 없어요. 저도 멜리폰트 부인처럼, 그분을 찾을 수가 없었어요."

"경을 놓쳤소?"

"그분이 절 놓친 거죠. 경은 제가 가버렸다고 생각했었죠."

"하지만 당신이 경을 찾았다고 했잖소? 경과 함께 호텔로 돌아왔을 때."

"그분이 절 발견한 거죠. 똑같은 일이 일어날 거예요. 경은 누가 있다는 걸 알게 되면 그 순간 나타나니까요."

"마치 중간 휴식 시간처럼 나타난다는 말이군요." 나는 잠깐 생각에 잠겼다가 다시 말을 이었다. "그렇다고 내가 확실히 알아들었다는 말은 아닙니다."

"멋지게 응달이 진 곳이었는데, 저는 피곤해서 더 있지 못하겠더라고요. 그래서 먼저 호텔로 가겠다고, 혼자 가겠다고 말했어요. 그때 우린 희귀한 꽃을 꺾고 있던 중이었죠. 제가 숙소로 안고 돌아왔던 바로 그 꽃을요. 그걸 찾아낸 사람은 그분이었어요. 그분은 아주 즐겁게 꽃을 꺾으셨고, 더 그러고 싶어 하셨어요. 하지만 저는 지쳐서 그만두고 싶었고, 경은 절 가게 내버려두더군요. 제가 가버리고 나면 꽃들은 아무 소용이 없다는 걸 깨닫기엔 제가 너무 멍청했죠. 숙소 쪽으로 3분쯤 걸었을까, 그분의 주머니칼을 제가 갖고 왔다는 걸 깨달았어요. 가지를 다듬을 때 쓰라고 그분이 제게 빌려 주셨거든요. 그분에게 그게 필요하겠다 싶어서 되돌아가 그분을 부르려고 하다가, 먼저 그분을 살폈어요. 당신은 직접 보지 않았기에 그때 일을 제가 말해도 이해할 수 없을 거예요."

"날 거기로 데려다 줘요." 내가 말했다.

"여기서 보일지도 몰라요. 거긴 나무 같은 장애물이 없는 완만한 구릉지니까요. 제 발밑에 바위가 몇 개 있어서 그 뒤로 몸을 숨길 수 있었지만, 되돌아 나올 때는 제 모습이 드러나 버렸죠."

"경이 당신을 보았겠군요."

"그분은 그때 완전히 넋이 나간 상태였어요. 피곤하기도 했을 거고, 고독을 즐기고 있었던 것 같아요. 큰 반향을 불러일으키는 인물은 그만큼 잦아들기도 하니까요. 그런데 그 '무대'는 텅 비어 있었어요."

"다른 데로 가셨을지도 모르잖아요."

"그분이 있을 수 있는 곳은 그곳밖에 없었어요. 하지만 그곳에는 아무도 없었어요. 존재 자체를 중단시켜 버린 것처럼. 하지만 제 목소리가 울려 퍼지자마자(제가 그분의 이름을 불렀죠) 떠오르는 태양처럼 제 앞에 불쑥 솟아올랐어요."

"대체 어디서 솟아오른 겁니까?"

"그분이 있어야 할 그곳에서요. 바로 제 눈앞에서."

나는 더할 수 없는 흥미를 느끼며 그녀의 말을 듣고 있었지만, 반감도 솟구쳤다. "멜리폰트 경이 없어졌다는 걸 안 때로부터 경의 이름을 부르기까지 시간이 얼마나 걸렸죠?"

"순식간이었어요. 얼마가 걸렸다고 할 수도 없는."

"그분의 부재를 확인하기에 충분한 시간이었나요?"

"그분이 거기 안 계셨다는 게 확실하냐고 묻는 건가요?"

"그렇소. 뭔가에 홀려서 잘못 본 건 아니냐고 묻는 거요."

"그럴 수도 있죠. 하지만 저는 그렇게 생각하지 않아요. 어쨌든 그래서 제가 당신더러 그분의 방을 살펴보라고 한 거예요."

나는 잠깐 생각하고는 입을 열었다. "멜리폰트 부인조차도 감히 하려 하지 않는 일을 내가 어떻게 할 수 있겠어요?"

"부인도 당신이 그러길 원하실걸요. 부인을 설득해 보세요. 그리 오래 걸리진 않을 거예요. 부인도 경을 의심하고 있을 테니까."

나는 다시 생각에 잠겼다가 말했다. "경이 알고 있었던 같아요?"

"제가 그분을 발견하지 못했다는 걸요? 분명히 그럴 거예요. 하지만 그분은 자신이 충분히 재빨리 다시 나타났다고 생각하세요."

"경이 사라졌다 다시 나타나셨다……."

"정말 이상하게도 그랬어요."

"그렇군요. 그가 어때 보였어요?"

블랑슈 애드니는 다시 한 번 자신에게 일어났던 기적 같은 일을 재구성해 보면서 멍하니 계곡을 바라보았다. 그러다 갑자기 소리를 질렀다. "바로 지금처럼 보였어요!" 그 순간 나는 멜리폰트 경이 스케치북을 들고 우리 앞에 서 있는 걸 발견할 수 있었다. 그의 모습에는 의심을 살 만한 구석도 없었고, 그렇다고 멍해 보이지도 않았다. 그는 그저, 어디에서나 늘 그랬듯이 무대의 주요 등장인물로 보일 뿐이었다. 그는 시점을 고르더니 연필을 놀려 대상을 종이 위에 옮기기 시작했다. 그는 바위 쪽으로 몸을 구부렸는데, 수채화 물감이 들어 있는 작고 예쁜 상자가 그 '자연의 탁자' 위에 놓여 있었다. 그 바위는 경사가 져 있어서 스케치북을 놓고 그리기에 안성맞춤이었다. 그는 얘기를 하면서 그림을 그렸고, 그림을 그리면서 얘기를 했다. 그 그림이 얘기만큼이나 잡다한 것들을 담고 있다면, 그의 얘기 또한 똑같이 우아하게 화폭을 수놓고 있는 것 같았다. 우리는 그런 '공개 전시'가 계속되는 동안 묵묵히 기다리고 있었다. 마치 그가 도드라진 산봉우리들의 경사면을 제대로 그리고 있는지 주의 깊게 살펴보는 것처럼. 스케치북 속의 그림이 검푸른 하늘을 배경으로 하고 있다면 그 하늘은 공포스러울 게 분명했다. 블랑슈 애드니는 아무 말이 없었지만, 그녀의 눈은 이렇게 말하고 있었다. '오, 저분처럼 할 수 있다면! 저분은 우리의 가슴을 뛰게 하며 무대를 장악하고 있어.' 우리는 한 편의 연극이 끝날 때까지 꼼짝없이 그를 지켜보고 있었다. 한참 뒤 우리는 그와 함께 호텔로 돌아왔다. 호텔 문 앞에 이르자 그는 자신의 그림을 한번 바라보더니 귀족적인 동작으로 스케치북에서 그림을 떼어 애드니 부인에게 다정한 말과 함께 건네주었다. 그러고는 호텔 안으로 들어갔다. 잠시 뒤, 우리가 서 있는 곳에서 올려다보니 그의 방 거실(그는 가장 좋은 방들을 쓰고 있었다) 창문으로 날씨를 살피는 그의 모습이 보였다.

"저분은 좀 쉬셔야 할 거예요." 블랑슈가 고개를 숙여 자신의 것이 된 수채화를 내려다보며 말했다.

"그러시겠죠!" 나는 다시 고개를 들어 창문을 올려다보았다. 그새 멜리폰트 경은 사라지고 없었다. "벌써 다시 빨려 들어가셨군."

"무슨 말이에요?"

"다시 사물의 광대무변함 속으로 빨려 드셨다고요. 막과 막 사이의 쉬는 시간처럼."

"길어야 할 텐데요." 애드니 부인이 시선을 쳐들었다가 다시 테라스 쪽으로 내렸다. 그때 시종장이 입구에 나타났고, 갑자기 그녀가 그에게 질문을 던졌다. "보드리 씨를 보셨나요?"

그는 곧장 다가와 말했다. "5분 전에 여길 떠나셨습니다. 산책을 나가신 것 같은데, 길 쪽으로 내려가시더군요. 책을 한 권 들고서 말이죠."

나는 음산하게 드리워진 구름을 바라보았다. "우산을 갖고 가셨어야 할 텐데."

시종장이 미소를 지었다. "저도 그렇게 말씀드렸는데……."

"고마워요." 애드니 부인이 말했다. 시종장이 돌아가자, 그녀가 불쑥 말했다. "부탁 하나 들어주시겠어요?"

"분부만 내리시지요. 그런데 우선 당신 그림에 서명이 되어 있는지 좀 보여 주시겠어요?"

그녀는 자신의 그림을 살펴보더니 말했다. "이런 세상에, 서명이 없어요."

"그림의 값어치는 서명에 있는 건데. 내가 그걸 좀 갖고 있어도 될까요?"

"제 부탁을 들어주신다면 허락하겠어요. 우산을 가지고 보드리 씨에게 가주세요."

"그 사람은 당신을 기다릴 텐데?"

"그 사람을 지켜 주세요. 가능한 한 오래도록."

"비가 몰아치지만 않는다면야 문제가 있겠어요."

"비가 와도 그래 주세요!" 블랑슈가 소리를 질렀다.

"비에 홀딱 젖어도?"

"그런 사정은 안 봐줄 거예요." 그러면서 묘하게 눈을 반짝이며 덧붙였다. "전, 시도를 해볼 거예요."

"시도?"

"진짜를 보려고요. 오, 그걸 찾아낼 수만 있다면!" 그녀가 열정적으로 소리를 질렀다.

"그래요, 한번 해봐요!" 내가 대답했다. "난 온종일 우리의 친구를 보살펴 주고 있을 테니."

"만약 그 진짜를 찾아내기만 한다면," 그녀는 잠시 말을 끊었다가 눈빛을 반짝거리며 말했다. "제 역할을 따낼 수 있을 거예요!"

"보드리 씨를 영원히 보살펴 드리죠!" 재빨리 호텔 안으로 들어가는 그녀의 뒤에다 대고 내가 말했다.

나는 상기된 얼굴로 서서 멜리폰트 경이 그린 수채화를 물끄러미 바라보았다. 돌풍이 몰려오고 있었고, 나는 경의 방 창문들 쪽을 다시 한 번 바라보고는 시계를 확인했다. 5분이면 멜리폰트 경의 거실(언젠가 우리가 융숭한 대접을 받은 곳)로 올라가서 그림에 서명을 해주시어 애드니 부인이 그림을 가보로 간직할 수 있게 해달라고 부탁할 수 있었다. 다시 한 번 그 그림을 들여다보니 역시나 뭔가가 빠진 듯했다. 거기 서명 하나만 붙는다면 완벽할 것이다. 나는 그 결핍을 메우기 위해 곧장 호텔로 들어가 멜리폰트 경의 방으로 올라갔다. 그러나 경의 응접실 출입문 앞에 이르자 한 가지 어려움에 봉착했다. 내가 하려는 일이 혹시 터무니없는 짓이 아닌가 하는 생각이 든 것이다. 노크를 하는 순간 모든 일을 망쳐 버리게 되는지도 몰랐다. 내가 이 축하연을 망쳐 버리기 위해 준비된 인물이라면? 내가 던진 그 물음이 스스로를 당혹시켰다. 그림을 든 채로 문 앞을 맴돌며 나는 이런 대답이 떠오르기를 바랐다. '부드럽게, 소리 나지 않도록 부드럽게, 재빨리 문을 열어. 그러면 넌 그의 부재를 확인하게 될 거야.' 문고리에 손을 얹었을 때, 내가 생각했던 방식대로 - 부드럽게, 소리 없이 부드럽게 - 반대편 방의 문이 열렸다. 그 순간 나는 문밖을 살피는 멜리폰트 부인과 마주쳤고, 난처한 표정을 지으며 웃음을 흘렸다. 잠시 동안 우리는 아무 소리도 내지 않고 무언의 의견을 주고받았다. 서로 뭔가 주저하고 있었지만, 서로를 이해하고 있었다. 하지만 내가 그녀에게로 건너가자 그녀는 거의 들리지 않는 목소리로 애타게 호소했다. "안 돼요!" 나는 그녀의 눈을 통해 그녀가 표현하고자 하는 모든 것을 읽을 수 있었다. 자신이 무엇을 궁금해하고 있는지, 내게 일어난 일련의 사건들에 깃든 불길한 기운이 무엇 때문인지를 눈빛으로 고백하고 있었다. "안 돼요!" 내가 그녀 앞에 바짝 다가서자 그녀는 입술만 움직여 다시 말했다. 그래서 나는 그녀에게 충격이 될 수도 있는 그 실험을 포기하기로 마음먹었다. 하지만 한편으로 그녀는, 내가 여기서 물러나 버린다면 실망할 것 같았다. 그녀는 이렇게 얘기하는 것 같았다. '당신이 책임진다면, 난 당신이 그렇게 하도록 놔둘 거예요. 그렇지만 그 배후에 내가 있다는 걸 그 사람이 알게 하지는 않을 거예요.'

"이제 곧 멜리폰트 경의 모습을 보시게 될 겁니다." 내가 한 시간 전에 그녀와 만났을 때를 넌지시 상기시키며 말했다. "경께서는 애드니 부인에게 이 멋진 그림을 선물해 주셨고, 애드니 부인은 경께서 서명을 빠뜨리셨다며 저를 보냈습니다."

멜리폰트 부인은 그 그림을 내게서 가져가더니 바라보았다. 그녀의 마음속에 격렬한 동요가 일어나고 있음을 충분히 짐작할 수 있었다. 그녀는 한동안 아무런 말이 없었다. 그녀의 우아함과 위엄, 수줍음과 연민 모두가 그녀 자신과 맞서 싸우고 있었다. 그러더니 그녀는 그 그림을 가지고 자신의 방으로 들어가 버렸다. 그렇게 몇 분 동안 나타나지 않았다. 다시 그녀가 나타났을 때 나는 그녀가 모든 유혹을 떨쳐 냈음을 알 수 있었다. 심지어 공포에 오그라든 모습이었다. 그림은 방에다 놓고 나온 듯했다. "그림을 나한테 맡겨 두시면, 애드니 부인의 뜻대로 서명을 받아 놓도록 하죠." 그녀는 무척이나 정중하고 밝은 표정으로 말했지만, 그건 어디까지나 얘기를 여기서 마무리 짓겠다는 태도에 불과했다.

나는 짐짓 감사의 표정을 지어 보이고는, 날씨가 바뀔 것 같으니 우리도 이제 이곳을 떠나야 하지 않겠냐고 말했다.

"당연히 그렇죠. 당장 떠나야겠어요." 그녀의 그런 적극적인 발언이 놀라웠다. 마치 비밀이 드러날까 두려워 안전한 곳으로 달아나려는 것처럼 보였다. 내가 몸을 돌리자 그녀는 놀랍게도 손을 뻗쳐 내 손을 잡으려 했다. 단지 작별 인사일 뿐이었지만,

그녀의 손은 이런 말을 강렬하게 전하고 있었다. '도와줘서 고마워요. 실은 그 이상이랍니다. 만약 내가 진실을 알게 된다면, 그땐 누가 날 돕겠어요?' 나는 우산을 가지러 내 방으로 돌아와 혼잣말로 중얼거렸다. '그녀는 확신하고 있어. 증거를 가지고 있진 않지만.'

15분 후 나는 클래어 보드리를 따라잡았고, 잠시 뒤 우리는 대피소를 찾아야 했다. 돌풍이 엄청난 속도로 모든 걸 부숴 버리고 있었기 때문이다. 우리는 빈 통나무집을 향해 언덕을 기어올랐다. 엉성하게 지어진 그 집은 축사 이상으로 보이지 않았다. 끔찍한 피난처이긴 했지만 덕분에 갈라진 틈으로 돌풍이 만들어 내는 엄청난 장관을 지켜볼 수 있었다. 그 모습을 지켜보는 한 시간은 이상한 불균형들로 가득 차 있었다. 번개가 천둥과 함께 춤을 추고 빗줄기가 우산 속으로 세차게 흘러드는 동안, 나는 클래어 보드리에게 실망감을 느끼고 있었다. 자연의 분노에 노출된 대문호가 무슨 생각을 하고 있었는지 정확하게 알 수도 없었고 그에게 '맨프레드'❖의 태도를 기대했던 건 아니었지만, 그렇다고 그 상황에서 귀가 닳도록 들은 링그로즈 부인❖❖에 관한 얘

❖ 바이런이 쓴 시에 등장하는 인물로, 여기서는 화자가 어둠 속에서 발견했던 보드리의 또 다른 자아를 가리킨다.
❖❖ 이 소설의 저자 헨리 제임스가 쓴 단편 〈런던 생활A London Life〉에 등장하는 인물로, 연애 문제 같은 은밀한 비밀을 안심하고 털어놓을 수 있는 캐릭터.

기를 다시 주저리주저리 떠드는 것은 적절치 않아 보였다. 중간에 악명 높은 비평가 채이퍼 씨의 얘기도 나왔지만, 돌풍의 장엄한 광경이 펼쳐지는 동안 보드리는 여전히 링그로즈 부인의 숙녀다운 태도에 집중하고 있었다. 보드리 같은 사람에게서 비평가들의 의견을 전해 듣는다는 건 내 마음을 아프게 했다. 번쩍이는 번개의 불빛은 수년 동안 내게 익숙했던, 그리고 이 여행의 마지막 이틀 동안 더욱 확실해진 가혹한 세상의 이치를 더욱 또렷하게 비추는 듯했다. 세계는 상스럽고 어리석으니, 이런 세계에 사는 인간은 차선책으로나마 만찬에 초대되어 허접한 잡담을 주고받는 바보가 되어야 한다는 것을. 나의 '친구'조차 그런 이치에 따라 살고 있다는 걸 깨닫자 내 마음은 무너져 내렸다. 그만은 예외이기를 바랐기 때문이다. 내가 그의 능력을 얼마나 숭배하고 있는지를 안다면, 그렇게 해줄 거라고 믿었던 것이다. 하지만 그런 나의 생각을 그에게 적절히 설명할 수는 없었고, 그는 자신이 따르는 이치를 끈질기게 고수했다. 어쨌든, 우리가 대피소에 있던 그 한 시간 동안 그의 방 책상 앞 의자에는 '맨프레드'가 환하게 타오르고 있었을 것이다. 나는 그 빛을 맘껏 즐기고 있을 애드니 부인이 부러울 뿐이었다. 마침내 돌풍이 꺾이고 호텔로 돌아갈 수 있을 만큼 빗줄기도 잦아들었다. 호텔에 도착하자 우리의 긴 부재가 사람들을 애태우게 했다는 사실을 알 수 있었다. 몇몇은 문가에 서 있다가 빗물에 흠뻑 젖은 몰골로 나타난

† 사생활 †

우리를 보고는 적잖이 당황한 것 같았다.

블랑슈 애드니는 사람들에 섞여 우리 둘을 주시하고 있었지만, 정작 보드리가 그녀에게로 다가가자 인사도 않고 외면해 버렸다. 나는 살롱 밖으로 나가는 그녀의 뒤를 젖은 채로 쫓아갔고, 그녀는 내게로 돌아서더니 노려보았다. 그녀의 모습은 평소처럼 아름답지 않았다. 하지만 한 줄기 영감의 빛이 서려 있었다. 그녀는 재빨리 속삭였지만 그것은 이제껏 내가 들어 본 것 중에서 가장 커다란 외침이었다. "제 역할을 따냈어요!"

"그 사람 방으로 갔었군요. 맞죠?"

"그럼요, 사랑스러운 친구!" 그녀가 입속으로 우물거렸다.

"거기서 그 사람을 봤군요!"

"그 사람이 절 봤죠. 제 인생을 바꿔 놓은 시간이었어요!"

"그의 인생도 바꿔 놓았을 겁니다. 당신이 지금의 반만큼만 사랑스러웠더라도."

"그 사람, 굉장했어요." 그녀는 내 말은 아랑곳 않고 혼자 떠들어 댔고, 나는 엄청난 감동을 받으면서 그녀의 말을 듣고 있었다. "우린 서로를 이해하고 있었어요."

"번개가 칠 때였소?"

"번개는 보지 못했어요!"

"거기 얼마나 있었던 거요?" 내가 존경 어린 표정으로 물었다.

"제가 그분을 사모한다고 말하기에 충분할 만큼."

"나로선 도저히 할 수 없는 말을 그가 했군요!" 나는 애처롭게 감탄하며 외쳤다.

"전 제 역할을 가지게 될 거예요. 제 역할을 맡게 될 거라고요!" 그녀는 승리감에 도취된 듯 계속 떠들어 댔다. 기쁨에 들뜬 소녀처럼 방 안을 빙글빙글 돌았다. 그러다가 정신을 차린 듯 말했다. "가서 옷을 갈아입도록 하세요."

"멜리폰트 경에게서 사인을 받아야 할 텐데."

"오, 빌어먹을 멜리폰트 경 얘기는 그만해요." 그러면서 그녀는 별 상관도 없는 얘기를 떠들더니 의기양양하게 나를 내버려 두고 열려 있는 문을 통해 잽싸게 나가 버렸다. 바로 문밖에서 남편과 마주친 그녀는, "당신 얘기를 하고 있었어요, 내 사랑!" 하더니 남편에게 매달려 키스를 퍼부었다.

나는 내 방으로 돌아가 옷을 갈아입었지만, 저녁이 될 때까지 방에서 나가지 않았다. 거센 돌풍은 지나갔지만 빗줄기는 여전히 흩뿌리고 있었다. 저녁을 먹으러 내려갔을 때 돌변한 날씨가 우리의 파티를 완전히 망가뜨려 놓았음을 알게 되었다. 멜리폰트 경 내외는 이미 마차로 떠난 뒤였고, 여러 대의 마차가 다음 날 아침에 오기로 예약되어 있었다. 블랑슈 애드니의 마차도 그 중 하나였는데, 그녀는 떠날 준비를 한다는 구실로 저녁을 먹자마자 일행들과 헤어졌다. 클래어 보드리는 그녀에게 무슨 문제가 있는 거냐고 내게 물었다. 그녀가 갑자기 자신을 싫어하는 것 같다면서. 그때 내가 뭐라고 대답했는지 기억나지는 않지만, 그 다음 날 그와 함께 마차를 타고 가면서 최선을 다해 그를 안심시켰던 기억은 난다. 다음 날 일어났을 때 이미 애드니 부인은 떠난 뒤였다. 하지만 보드리와 애드니 부인은 런던에서 화해했다. 그가 만든 연극이 끝난 뒤에. 그러나 그 후에도 대단한 역할을 갈구하는 그녀의 욕망은 사그라지지 않았다. 내 가슴은 여전히 아름다운 어느 여인을 품고 있지만, 그녀가 나를 찾아와 내 마음을 흔들어 놓을 리는 없다. 멜리폰트 부인은 항상 내게 친절하게 말을 건네지만, 내게 위로가 되지는 못한다.

오언 윈그레이브

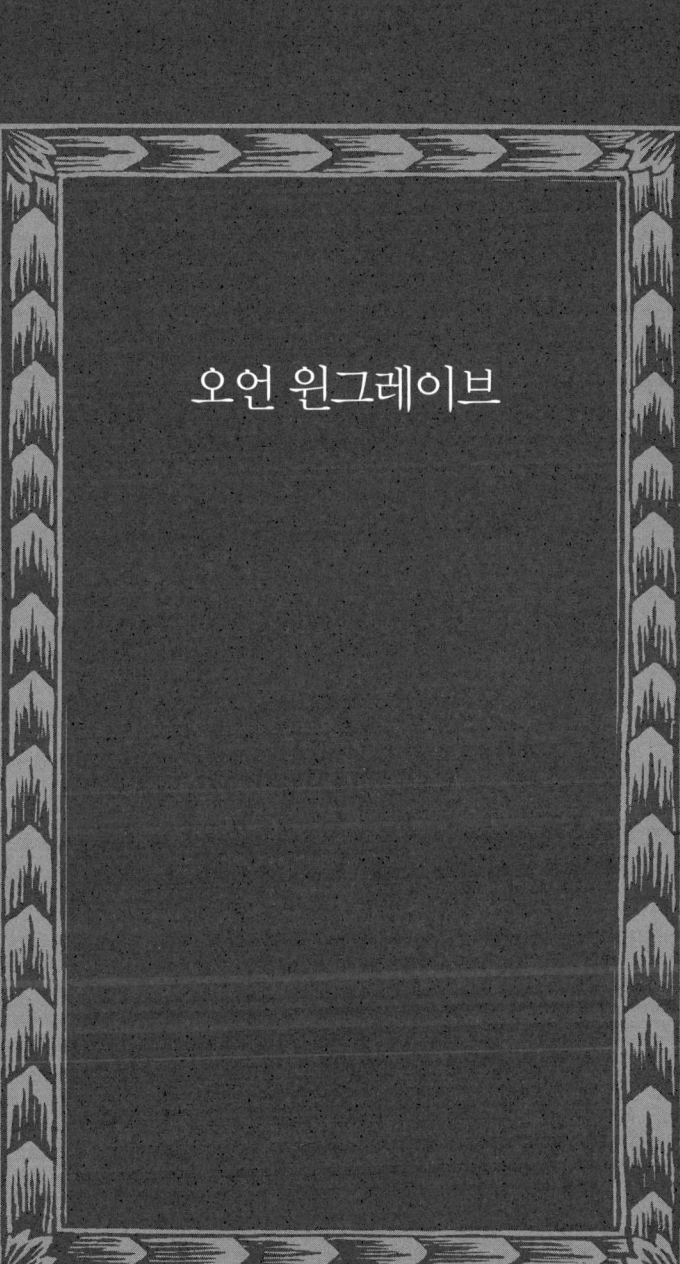

Owen Wingrave

1

"자넨 정신이 나간 게 틀림없어!" 스펜서 코일이 고함을 질렀다. 창백한 얼굴의 청년이 꼿꼿이 선 채로 숨을 몰아쉬며 다음과 같이 말했을 때였다.

"제 결정은 확고합니다. 모든 걸 신중하게 생각하고 드리는 말씀입니다."

둘 다 하얗게 질려 있기는 마찬가지였지만 오언 윈그레이브는 어줍은 미소를 띠고 있었고, 상대의 찡그린 얼굴에는(심술궂게 눈을 흘기는 것 같았다) 극도로 치뻗은 신경질이 고스란히 담겨 있었다.

"여기까지 와버린 건 분명히 실수였어요. 하지만 그래서 더는 가지 말아야겠다는 생각을 하게 됐으니 오히려 잘된 일이죠." 불쌍한 오언은 기계적으로 상대의 대꾸를 기다리고는 있었지만 예의는 갖춘 채로(그는 허풍을 떨고 싶은 마음도 없었고 실제로 그러지도 않았다), 창밖의 볼품없는 집들을 향해 윤기 없는 시선을 던지고 있었다.

"이루 말할 수 없이 화가 나는군. 자넨 날 형편없이 만들어버렸어." 코일 씨는 속이 완전히 뒤집힌 듯 소리를 질렀다.

"정말 죄송합니다. 더 일찍 말씀드렸어야 하는 건데 교관님께 폐를 끼칠까 두려웠습니다."

"3개월 전에는 말했어야 했어. 네 마음이 하루가 다르게 바뀐다는 걸 몰랐단 말인가?"

젊은이는 한동안 아무 말도 하지 못하다가 약간 떨리는 목소리로 대답했다. "제게 화를 내실 거라는 건 예상했던 일입니다. 그동안 교관님께서 제게 해주신 모든 일, 정말이지 고맙게 생각합니다. 저도 교관님을 위해 뭐든 할 겁니다. 하지만 이것만은 어쩔 수가 없어요. 물론, 모든 사람들이 제가 계속하기를 바라겠죠. 그럴 준비가 되어 있다고 생각할 테니까요. 그래요, 준비라면 다 되어 있었어요. 시간문제일 뿐이었죠. 제가 느끼고 있는 것, 후회하고 있다는 것, 이 모든 게 교관님을 불쾌하게 만든다는 것도 압니다만, 시간이 지나면 잊으실 겁니다."

"잊어? 자네야 어지간히 빨리 잊어버리겠지!" 스펜서 코일이 비꼬듯 소리를 질렀다. 그는 젊은 친구보다 더 흥분해 있었다. 하지만 서로에게 상처만 입히는 이런 만남을 계속할 상태가 아니라는 건 분명히 자각하고 있었다. 코일 씨는 사관학교 진학을 원하는 젊은이들을 사전에 훈련시키는 전문 교관이었다. 한 기에 서너 명 정도만 받아서 훈련을 시켰는데, 그의 비법과 수완은 훈련생들을 완전히 매료시켰다. 그의 사관후보생 훈련 캠프는 규모가 크지 않았는데, 그는 그 이유를 자신이 하는 일이 도매업이 아니기 때문이라고 설명했다. 그가 실시하는 학습 체계도 그렇지만, 그의 체력이나 성격상 훈련생을 많이 받을 수가 없었다. 결국 그는 학생들의 숫자를 조절할 수밖에 없었고 받아들인 숫자보다 더 많은 지원자들을 돌려보내야 했다. 그는 생도 개개인의 성향에 맞춰 주제들을 선별하고, 그들 하나하나를 관리하여 열정적인 전사로 만드는 일에 있어 예술적인 경지에 도달한 사람이었다. (어떤 종류의 능력을 갖고 있든) 열정적인 젊은이를 좋아하는 그는 특히나 오언 윈그레이브에게 사로잡혀 있었다. 훈련생들은 모두 갖가지 재능들을 갖고 있었지만 대개는 그로부터 조롱의 대상일 뿐이었는데, 오언만은 예외였다. 코일의 키는 딱 나폴레옹 황제 정도에 불과했지만 푸르게 빛나는 눈동자에는 천재성이 번득이고 있었다. 피아니스트처럼 생겼다는 소리를 들은 적도 있었다. 그런데 방금, 질투를 일으키게 할 정도로 뛰어난 지략을 갖춘 가장 아끼는 생도가, 너무도 무심하게 그만두겠다는 말을 뱉은 것이었다. 이제껏 윈그레이브가 보여 준 뛰어난 활약으로 미루어 볼 때, 그가 자신의 확고한 신념으로 사람의 마음을 아프게 한다는 건 사실 그리 특별한 일도 아니었다. 그리고 바로 오늘, 그 특별하지 않은 일이 그의 가슴에 견디기 힘든 고통을 안겨 주고 있었다. 더 이상의 논쟁은 불필요했다. 그는 자신의 생도에게 어디로 도망이라도 가버리라고, 그렇게 며칠이 지나면 다시 자신감이 생길 것이고 제정신으로 돌아올 거라고 말했다(그가 지목한 곳은 이스트본이었는데, 그곳의 바다가 흐트러진 정신을 정돈시켜 줄 거라고 말했다). 시간만 주어진다면 오언이 정신을 차릴 거라 생각하고 있었지만, 평소 방식대로라면 따귀를 올려붙였을 것이다. 하지만 키가 크고 운동으로 단련된 그 젊은이의 결심은 그런 식의 물리적 방법이 통할 정도로 간단한 것이 아니었다. 선을 위해서라면 양쪽 뺨을 모두 들이대겠다는 의지를 담고 있는 그의 잘생긴 얼굴에는 양심의 가책과 불굴의 정신, 혼란스러움과 관대함이 뒤얽혀 있었다. 그 젊은이는 남보다 우월하다고 잘난 척하는 위인이 아니었다. 다만 자신의 생각을 밖으로 드러내는 데 주저하지 않을 뿐이었다. 그런 그의 고유한 특성이 결국 이런 문제를 일으킨 것이었다. 오언은 이스트본으로 가든가 최소한 입이라도 꾹 다물고 있으라는 교관의 제안을 거부할 수도 있었다. 하지만 그 제안을 수락하면 코일 씨의 언짢은 기분이 풀릴 수도 있었다. 그는 자신의 행동이 지나쳤다고 생각하지는 않았지만 분명 코일 씨에게 상당한 부담이 되었다는 것도 알고 있었다. 때문에 자신의 휴가가 코일 씨의 이성을 회복하는 데도 한몫을 하리라는 걸 알고 있었다. 코일 씨는 기분이 썩 좋지 않았지만 스스로를 억누르며 직권으로 사흘 동안의 '휴전'을 요구할 뿐이었다. 오언 윈그레이브는 그래 봐야 달라질 게 없다는 걸 알고 있었지만 기꺼이 제안을 받아들였다. 그가 휴가를 떠나기 전, 이 유명한 교관님은 에두르지 않고 그에게 말했다.

"아무래도 자네 고모님을 만나 봐야 할 것 같네. 마을에 나와 계시다고 했지?"

"그렇습니다. 베이커 가에 계십니다. 가서 만나 보십시오." 청년이 기운차게 말했다.

코일 씨는 뭔가 집히는 게 있는 듯 그를 쳐다보았다. "자네의 그 바보 같은 생각을 그분에게도 밝힌 건가?"

"아직은 아무한테도 말하지 않았습니다. 교관님께 제일 먼저 말하는 게 옳다고 생각했습니다."

"오호, 그랬다고?" 젊은 친구의 예의를 차리는 태도에 화가 치민 스펜서 코일이 목소리를 높였다. 그러고는 어쩌면 윈그레이브 양을 방문하게 될지도 모르겠다고 다시 한 번 덧붙였다. 물론 젊은 배신자 녀석이 휴가를 떠난 뒤에 말이다.

† 오언 윈그레이브 †

오언 윈그레이브는 곧바로 이스트본으로 출발하지는 않았다. 우선 켄싱턴 가든스로 발길을 옮겼는데, 코일 씨의 호화 저택(그는 엄청 비싼 몸이라 큰 집을 갖고 있었다)과 그리 멀지 않은 곳이었다. 그 유명한 교관님께서는 생도들을 자신의 집에서 숙박하도록 했는데, 오언은 집사에게 저녁 식사 시간까지는 돌아올 거라고 말하고는 그 집을 나섰다. 봄의 한낮은 더없이 화창했고 그의 주머니엔 책이 한 권 들어 있었다. 정원을 돌아보며 짧은 산책을 즐기고 난 그는 나중에 다시 돌아보기로 작정하고는 의자에 앉아 길게 한숨을 내쉬었다. 그러고는 기다란 다리를 쭉 뻗고는 책을 읽기 시작했다. 괴테의 시집이었다. 그는 여러 날을 엄청난 긴장 속에서 보냈었다. 팽팽히 당겨져 있던 긴장의 끈은 이제 적당한 균형을 이루고 있었다. 이런 식의 해방감을 지적인 즐거움과 연결시키는 건 그의 장기였다. 만약 그가 대단한 경력을 쌓을 수 있는 기회를 스스로 박탈했다고 생각했다면, 본드 가❖를 빈둥거리며 쏘다니거나 무심히 클럽의 창문을 들여다보는 짓 따위는 결코 하지 않았을 것이다. 어쨌든 그는 잠시나마 즐거움 속에 푹 빠져 모든 것을 잊었다. 코일 씨가 느꼈을 실망감도, 베이커 거리에 살고 있는 그의 무시무시한 고모도. 그들이 자신을 공격해

❖ 런던 서쪽 끝에 있는 호화로운 쇼핑 거리로 수많은 의상실, 보석 가게 들이 즐비해 있는 곳이다.

온다고 해도 그들의 격분에 맞설 수 있는 몇 가지 변명은 확실히 준비되어 있었다. 그가 어딘가 모난 인간이란 건 의심의 여지가 없었지만, 이런 와중에도 여유를 즐기려는 태도는 확실히 그의 핏속에 흐르는 독일인 기질 때문임이 분명했다.

"그 악마한테 무슨 일이 일어났는지 알고 있나?"

그날 오후, 스펜서 코일은 젊은 생도 레크미어에게 그렇게 묻고 있었다. 레크미어는 훈련 캠프의 '두목'이 그런 식으로 누군가를 악의적으로 말하는 걸 한 번도 들은 적이 없었다. 윈그레이브의 동기생인 레크미어는 자신이 그의 가장 절친한 친구라고 생각하고 있었으며, 또한 코일 씨가 친구의 엄청난 재능을 더욱 북돋아 준다고 굳게 믿고 있었다. 그는 자그마한 키에 단단한 몸을 가진, 별달리 튀는 구석이 없는 보통 청년이었다. 코일 씨가 그런 레크미어를 믿음직스럽게 여기는 것은 그가 자신의 생각을 쉽게 얼굴에 드러내지 않기 때문이었다. 레크미어는 뭔가 성과를 올려도 젊은이는 경솔하게 행동해서는 안 된다는 듯 감정을 감추는 위인이었다. 어쨌든 그는 자신의 친구에게 심상찮은 문제가 발생한 이유를 모르는 게 분명했다. 그래서 코일 씨는 단도직입적으로 말했다.

"오언이 입교를 거부했네. 모든 걸 포기해 버렸단 말일세!"

생동감 넘치는 두목의 어휘들이 레크미어의 가슴에 충격을 가했다.

"샌드허스트❖로 가려 하질 않는단 말씀입니까?"

"어디로도 가고 싶어 하지 않아. 군인이 되기를 포기해 버렸다니까." 코일 씨는 레크미어의 숨통을 막아 버릴 듯한 기세로 말했다. "군인이 되기를 거부했다고."

"왜요? 집안이 대대로 군인인데!"

"그 정도가 아니지. 군은 그 가문의 종교야! 자네, 윈그레이브 양을 알고 있을 테지?"

"물론이죠, 정말 무시무시한 분이죠." 레크미어가 솔직하게 말했다.

그의 선생은 생각이 달랐다.

"무시무시하다는 게 대단하다는 뜻이라면, 자네 말처럼 그녀는 무시무시하지. 그녀는 훌륭한 독신 여성이자 영국군의 전통과 업적을 대표하는 힘 있는 여성이지. 또한 영국인이 지닌 포괄적 특질을 대표하는 인물이기도 해. 때문에 그녀는 오언을 비난할 자격이 있네. 그 집안의 영향력은 계속 이어져야만 해. 자네의 생각을 알고 싶네. 자네라면 이 문제를 어떻게 하겠나?"

"두어 번 만나 설득하면 해결될 겁니다." 레크미어는 신중하게 말을 이었다. "그런데, 그 친구는 뭔가 불길한 운명 같은 걸

❖ 영국 육군 사관학교를 말한다.

느끼고 있는 듯합니다."

"자네한테 은밀하게 털어놓은 거라도 있나?"

"그 친구 혼자 장황하게 지껄이는 걸 들은 적이 있죠." 정직한 젊은이가 미소를 띠며 말했다. "경멸스럽다는 표현을 썼습니다."

"뭐가 경멸스럽다는 거야? 이해할 수가 없군."

코일 씨는 자책하듯 자신이 정성을 기울여 훈련시켜 왔던 생도들을 떠올렸다.

"제 생각엔 영광스러운 군인, 군인의 영광, 뭐 이런 것에 대해 의문을 품고 있었던 것 같습니다. 거기에 대한 우리의 시각이 잘못되어 있다고 말했죠."

"그런 식으로 말해선 안 되지. 그런 식의 선동이 아테네의 젊은이들을 타락시켰지."

"분명히 그렇게 들었습니다!" 레크미어가 말했다. "하지만 그만두겠다는 뜻은 아니었어요. 그 친구는 군대란 곳을 꿰뚫고 있었어요. 군인 집안 출신이니 당연하잖아요. 그 친구는 교관님께서 옳다고 하시는 일도 따지고 들 위인이지만, 군인으로서 대단히 성공할 거라고 확신합니다."

"그 친구한테 가서 그렇게 호소하게나. 싸우란 말이야, 젠장!"

"제가 할 수 있는 일이라면 하겠습니다. 사관학교 진학을 거

† 오언 윈그레이브 †

부한 건 정말 부끄러운 일이라고 말하겠습니다."

"그래, 바로 그렇게 말하게. 불명예라는 걸 강조하란 말일세."

젊은이는 코일 씨에게 좀 더 의미심장한 시선을 던졌다. "그 친구는 불명예스러운 일을 할 친구가 아닙니다."

"그러면 얼마나 좋겠나. 그걸 확실히 인식시켜 주게나. 북돋아 주라고. 전우로서, 총으로 맺어진 형제로서 말일세."

"그게 바로 저희가 해야 할 일이죠!" 청년 생도 래크미어는 자신에게 주어진 임무에 무척이나 고무되어 감상적으로 읊조렸다. "그 친구는 정말이지 훌륭한 놈입니다."

"그 친구가 자퇴를 한다면 아무도 그렇게 생각하지 않을 걸세!" 스펜서 코일이 말했다.

"제게는 절대 그런 소리 못하도록 하겠습니다!" 래크미어는 벌겋게 달아오른 얼굴로 대답했다.

코일 씨는 잠깐 머뭇거렸다. 이 젊은이는 분명 타고난 군인이긴 했지만 목소리에서는 고집 같은 것이 느껴지지 않았다. 어릴 적 여자 친구를 사귈 때조차 흥분이라곤 몰랐을 인물 같았다. "자넨 그 친구를 무척 좋아하지? 그를 믿나?"

래크미어는 그즈음 자신의 인생이 끔찍한 질문들에 대답하는 걸로 허비되고 있다고 생각하고 있었지만 지금 던져진 질문만큼 괴상망측한 것은 들어 본 적이 없었다. "그 친구를 믿느냐고요?

그렇고말고요!"

"그렇다면 그 친구를 구해 내게!"

가련한 청년은 혼란에 빠져 버렸다. 보이는 것 이상의 강도를 가진 호소가 자신을 압박해 오고 있었다. "감히 말씀드리건대, 그 친구를 제자리로 돌려놓겠습니다!" 그는 두 손을 주머니에 찔러 넣고 있긴 했지만 거만하지 않게, 희망적으로 대답했다. 하지만 자신이 복잡한 상황에 빠져 있다는 사실은 의심의 여지가 없었다.

2

레크미어를 만나기 전 코일 씨는 윈그레이브 양에게 면담을 요청하는 전보를 보냈다. 면담을 수락한다는 답이 오자 즉시 그녀가 기다리고 있는 베이커 가로 떠났다. 도착한 지 5분쯤 뒤 그는 오언 윈그레이브의 그 멋진 고모와 마주 앉아, 화나고 슬픈 자신의 심경을 털어놓으며 자신의 판단에는 절대 오류가 없다는 듯 몇 번이나 이렇게 되풀이했다. "그 친구는 아주 명석합니다. 정말이지 명석한 친구죠!" 그런 녀석이 애를 먹인다는 건 말도 안 되는 일이라고 선언하듯 말했다.

"물론 그 아이는 명석하죠. 그런데 지금 하는 꼴을 보세요. 우리 가족 중에 그 아이처럼 명청하게 군 사람은 아무도 없었어요!" 제인 윈그레이브가 말했다. 이 말은 오언의 행동이 훌륭한 파라모어❖ 사람들에게 실망감을 안겼다는 것을, 말하자면 창피를 주었다는 것을 암시하고 있었다. 동시에 이 말을 통해 앞에 앉아 있는 이 여성에게서 예전에 목격한 바 있는 품위가 결여된 솔직함을 재확인할 수 있었다. 그녀의 죽은 오빠의 큰아들인 불쌍한 필립 윈그레이브는 말 그대로 '등신'이었으며, 도무지 생각이 없었다. 못생겼고, 사회성도 없고, 구제불능인 그는 사설 보호시설에 수용되어 있다가 가족과 친구들 사이에 조용히 묻혀 버린 애처로운 전설에 불과했다. 이제 폭삭 늙어 버린 그녀의 아버지 필립 경의 고독한 거처이자 그의 병세로 보아 최후를 맞게 될 고풍스러운 파라모어 대저택에서, 모든 희망은 오로지 오언에게 달려 있었다. 두드러진 외모는 물론 뛰어난 독창성과 재능으로 가득한 그 아이의 천성은 그녀의 가슴에 꽂힌 비싼 브로치 따위와는 견줄 수 없는 자산이었다. 오언은, 수많은 선조들처럼 조국을 위해 청춘을 송두리째 바친 그 노인의 외아들에게서 난 두 명의 자식 중 둘째였다. 백병전 와중에 아프가니스탄 군도軍刀로 일격을 당한 오언 윈그레이브의 부친은 두개골이 부서진 채 최후를 맞았다. 그때 그의 아내는 인도에서 막 셋째 아이를 출산

❖ 작가가 허구적으로 만든 시골 마을로 그 마을의 명문 가문, 그리고 그 가문의 저택을 지칭하는 것으로 두루 쓰이고 있다.

하고 있었다. 출산은 어둠과 비통함 속에서 진행되었다. 아이는 생명을 얻지 못한 채 세상으로 나왔고 산모는 자신의 불행을 곱씹으며 죽어 갔다. 그리하여 두 소년은 할아버지 밑에서 크게 되었고, 그중 둘째 아이는 고모들 중 유일하게 미혼이었던 그녀의 특별 관리 대상이었다. 그리고 어느 화창한 일요일, 스펜서 코일은 긴급한 초대를 받고 파라모어 저택에서 그녀와 만난 적이 있었다. 그때 윈그레이브 양은 오언을 사관학교에 입학시키기 위해서는 어떻게든 그를 저 유능한 교관의 손에 맡겨야 한다고 생각하고 있었다. 그때의 그 짧은 방문은 관찰력이 뛰어난 키 작은 교관의 뇌리에 기이한 형태로 남게 되었다. 낡고 으스스한 제임스 1세 시대의 저택은 여전히 기품 있고 평화로운 노병의 모습을 한 필립 윈그레이브 경과 절묘하게 어울렸다. 명성에 비한다면 그는 그저 한 사람의 노인에 불과해 보였다. 작고 가무잡잡하며 허리가 꼿꼿한 그 팔십대 노인은, 우울한 눈동자와 세심하게 계획된 공손함을 갖추고 있었다. 하지만 그는 사위어 가는 가문의 명예를 지키고 싶어 했고 자기 가문에 반감을 가진 손님을 위해 침실의 초를 켤 땐 손을 파르르 떠는, 자비심이라고는 없는 늙은 전사임에 분명했다. 상상의 눈으로 바라보면 동유럽에서 펼쳐진 그의 파란만장한 과거, 그를 더 끔찍한 인간으로 보이게 만드는 과거를 흘끗이나마 볼 수 있었다.

   코일 씨는 그때 그 저택에서 본 또 다른 두 사람도 기억하고 있었다. 한 사람은 어느 장교의 미망인인 줄리언 부인이었다. 윈그레이브 양과 특별히 친해 그 집을 자주 방문하는, 악의 없고 가정적이며 호리호리한 몸매의 여자였다. 다른 한 사람은 그 부인의 딸이며 놀랍도록 영리한 열여덟 살의 어린 소녀였다. 그녀는 오언에게 무척이나 함부로 굴었다. 코일 씨는 예전에 오언과 함께 긴 산책을 하면서 그 젊은이가 높은 이상을 가졌다는 걸 알게 되었는데, 바로 그때 오언이 다음과 같은 사실을 은밀히 털어놓았다. 줄리언 부인은 인도 폭동에 참전한 기병대 대위 흄 워커의 여동생인데, 그 대위와 윈그레이브 양 사이에 비극으로 끝나 버린 미묘한 사건이 있었다고. 둘은 결혼을 약속한 사이였는데, 윈그레이브 양이 타고난 질투심을 이기지 못해 파혼을 선언하고는 그 책임을 모두 그에게로 돌려 버렸다고. 그 후 그녀는 줄곧 그 남자에 대한 죄책감에 시달렸다. 그래서 역시 군인과 결혼했던 그 남자의 불쌍한 여동생 줄리언 부인이 헤어나기 힘든 일격❖으로 무일푼이 되었을 때, 속죄의 마음으로 그녀를 거두었다. 그리하여 솜씨 좋은 줄리언 부인은 오랫동안 파라모어 저택에서 무보수로 가정부 일을 했다. 스펜서 코일의 눈에, 윈그레이브 양이 보여 준 여유는 결국 줄리언 부인을 짓밟고 얻은 안락의 일부일 뿐이었다.

....

❖ 줄리언 부인의 남편이 전사한 것.

코일 씨가 제인 윈그레이브 양의 인상을 아직도 또렷하게 기억하는 것은, 그녀를 베이커 가에서 다시 만난 그 일요일이 미망인들의 통곡과 전장의 불길한 소식들로 뒤얽혀 있던 날이었기 때문이다. 사실 그 모두가 군과 관련되어 있었기에 코일 씨는 자신이 순진한 젊은이를 군문軍門으로 끌어들인다는 것에 얼마간 두려움을 느끼고 있었다. 더구나 윈그레이브 양의 태도가 그의 꺼림칙한 마음을 더욱 악화시켰다. 그녀의 쏘아보는 듯한 단단하고 선명한 눈빛, 낭랑하고도 싸늘한 목소리 때문이었다.

그녀는 고매하고 기품 있는 사람이었다. 외고집인 데다 비겁하지 않았고, 요즘 들어서는 군데군데 흰 머리칼이 보이긴 하지만 그때만 해도 풍성하던 검은 머릿결과 기다란 이마는 그녀를 '고상한' 사람처럼 보이게 했다. 하지만 군인 가문의 뛰어난 면모를 드러내 보인 그녀의 모습이, 영국 근위대 병사의 걸음걸이나 훈련병의 말투보다 더 뛰어난 건 아니었다. 그녀의 생김새와 행동 하나하나, 시선과 목소리에는 그녀 집안 특유의 호전성이 너무도 생생하게 드러나 있었다. 균형 감각에 결함을 가진 그녀는 종종 괜한 시비를 불러일으켰는데, 그 이유 역시 군인인 선조들로부터 물려받은 천박함 때문이었다. 그녀의 안색과 목소리에 현저하게 드러나는 공격성을 한눈에 간파한 스펜서 코일은 애초부터 그녀와 다툴 생각이 없었다. 오히려 그녀의 조카가, 그 집안에서 자라면서 가치관의 혼란을 겪었기보다는 차라리 그녀의 편협한 기질을 더 많이 갖고 있었기를 바랐다. 그는 그녀가 마을로 나올 때면 왜 매번 베이커 가에서 머물 곳을 찾는지 이유가 궁금했다. 시장 사람들과 사진사들과만 어울린 탓인지 그는 베이커 가가 거처로 적당하다는 얘기를 들어 본 적이 없었다. 그는 그녀가 자신의 열정과 무관한 것에는 철저하게 무관심하다는 사실을 이미 간파하고 있었다. 그것을 제외하고는 그녀에게 문제가 될 건 아무것도 없었고, 마음만 먹었다면 그녀는 화이트 채플❖에서도 여러 개의 방을 얻었을 것이다. 그녀는 자신을 찾아온 손님들을 덩그렇게 큰 서늘하고 어두운 방에서 맞이하곤 했다. 몇 개의 미끈거리는 의자들이 놓여 있는 그 방은 설화석고로 만든 꽃병들과 덩굴식물들로 장식되어 있었다. 그녀가 누리는 개인적인 안락이라고는 육해군 불하품 전문점에서 발행한 두꺼운 카탈로그가 전부였는데, 그것은 푸르스름하고 널따란 보자기가 덮인 탁자 위에 덩그렇게 놓여 있었다. 주소와 영수증을 보관하는 도자기 용기처럼 생긴 그녀의 훤한 이마는 조카의 교관이 전한 소식에 벌겋게 달아올라 있었다. 그는 그녀가 놀라기보다는 화를 낸다는 게 다행스럽게 느껴졌다. 수많은 사건과 마주치면서 모든 사태에 그렇게 반응하도록 길들여진 것 같았다. 그녀는

❖ 런던 동부의 쇠락한 지역으로, 소설이 쓰이던 당시 연쇄살인범 잭 더 리퍼의 유령이 출몰하는 곳으로 악명이 높았다.

자신이 오언을 제어하지 못한다는 사실에 화가 났을 뿐, 다른 불안감은 느끼지 못하고 있었다. 쓸데없거나 애매모호한 감상 같은 데 빠지는 사람이 아니었기 때문이다. 만약 오언의 형이 남의 돈을 빌렸다거나 하층계급의 여자와 사랑에 빠졌다고 털어놓았다면 그녀는 불같이 화를 내며 불안해했을 것이다. 어쨌든 그때 그녀는 어느 누구도 자신을 바보로 만들 수 없다는 사실을 위협받고 있는 듯했다.

"젊은 친구가 언제부터 그런 생각을 하고 있었는지 모르겠습니다. 저도 생도들의 교육을 맡은 후 처음 겪는 일입니다." 코일 씨가 말했다. "저는 그 친구를 좋아했고, 믿었습니다. 그 친구가 성장해 가는 걸 보는 게 즐거웠죠."

"오, 성장이라, 인정합니다!" 윈그레이브 양은, 마치 칼집과 박차를 철컹거리는 생도들의 대열 앞에 서 있는 듯 예의 그 활달한 동작으로 고개를 젖혔다. 그런 행동은 누구한테서 배운 것이 아니라 윈그레이브 집안의 천성 같았다. 그는 그녀의 눈빛을 보면서, 이 불편한 이야기 속에서 불쌍한 존재로 전락해 버린 젊은 생도에 대해 일말의 죄책감마저 느꼈다. "우리 조카를 좋아하셨다면, 그를 조용히 지켜 주시기 바랍니다!" 그녀는 선언하듯 말했다.

코일 씨는 이 사태가 그녀의 상상을 넘어서는 쉽지 않은 문제라는 것을 설명하기 시작했다. 하지만 그녀는 코일 씨의 말을 이해하지 못했다. 오언이 지성을 갖춘 독립적인 개체임을 주장하면 할수록, 그녀에게 그 말은 조카가 윈그레이브 가문의 일원이며 군인이라는 사실을 더욱 결정적으로 증명하는 말이 될 뿐이었다. 군인이라는 직업이 자기 이상과 맞지 않는다는 오언의 말을 전하기도 전이었고, 이 문제가 얼마나 복잡한 것인지를 그녀가 제대로 인식하기도 전이었다. 그녀는 그저 잠깐 동안 멍하니 회상에 잠겼다가 벌컥 소리를 질렀다. "당장 오언을 내게 보내세요!"

"제가 찾아온 이유가 바로 그래도 되는지 고모님께 허락받기 위해서였습니다. 하지만 최악의 상황을 대비해 주시고 그 친구가 고모님 앞에서 강하게 자기주장을 하더라도 이해해 주십시오. 고모님께서 아주 실질적인 뭔가를 제시하셔도, 그다지 효과가 없을 거라는 사실을 특히 유념하시기 바랍니다."

"강한 주장은 내가 할 겁니다." 윈그레이브 양은 자신의 방문객을 무척이나 굳은 표정으로 바라보았다. 그는 그녀가 어떤 주장을 할지는 전혀 알 수 없었지만, 그녀에게 지체하지 말기를 거듭 부탁했다. 그는 그녀에게 어떻게든 그날 저녁에 오언을 베이커 가로 오게 하겠다고 약속하겠지만, 동시에 자신이 오언에게 이틀 정도 이스트본에 가 있으라고 말한 사실도 털어놓았다. 그러자 제인 윈그레이브는 놀란 표정으로 그건 지나친 치료비를 무는 행위가 아니냐고 물었다.

코일 씨가 "과로로 예민해진 데 대한 작은 휴식, 작은 변화,

작은 구원이죠"라고 말하자 그녀는 결연히 대답했다.

"그 아이를 적당히 다루지 마세요. 그 아이 때문에 엄청난 비용을 물고 있으니까요! 난 그 아이에게 똑똑히 말할 거고, 파라모어로 꼭 데리고 올 겁니다. 그러고는 곧바로 당신에게 보내 드리겠어요."

스펜서 코일은 과장스럽게 만족을 표시하며 큰 소리로 맞장구를 쳤지만, 윈그레이브 양과의 면담을 끝내기도 전부터 새로운 근심거리에 휩싸였다. 그는 속으로 불안스럽게 중얼거렸다. '저 여잔 완전히 보병인걸. 사람을 다루는 기술이 없어. 저 여자가 하려는 강력한 주장이 뭔지 모르겠지만, 오언을 더 비뚤어지게 만들 것 같아. 그렇다면 차라리 노인네가 나을지도 몰라. 활동을 멈춘 화산 같기는 하지만 사람 다루는 기술은 있을 테니까. 하지만 십중팔구 오언은 노인네를 분노로 들끓게 만들 테지. 어쨌거나 그 녀석이 이 집안에서 그나마 가장 나은 인물이란 건 이래저래 골치 아픈 일이야.'

스펜서 코일은 그날 저녁 식사를 하면서 오언이 윈그레이브 사람들 중 최고라는 사실을 새삼스럽게 실감했다. 젊은 윈그레이브는 – 해변까지 가지는 않았던 모양인지 – 평상시처럼 저녁 식사 시간에 때맞춰 나타났다. 여전히 자신감이 흘렀지만 베이스워터✤ 사람처럼 굴지는 않았다. 그는 코일 부인과 무척 자연스럽게 얘기를 나누었다. 그녀는 이제껏 그들의 집을 드나든 생도 후보생들 중에 오언을 가장 아름다운 청년이라고 생각하고 있었다. 반면 레크미어는 마음을 통 놓지 못하고 있었는데, 그릇된 생각에 빠져 있는 친구와 눈을 마주치지 않기 위해 애쓰는 모습은 너무도 섬약해 보였다. 스펜서 코일은 걱정에 걱정이 더해지면서 깊은 자책감을 느꼈다. 오언 속에는 파라모어 사람들로서는 도저히 이해할 수 없는 온갖 것들이 깃들어 있기 때문이었다. 코일 씨는 이미 위협받고 있는 자신의 신념에 대한 대응을 시작하고 있었는데, 그것은 결국 자신의 생각이 옳다는 것을 반증하고 있었다. 오언의 성정은 거칠게 사용되기에는 너무도 우아했다. 이 변덕스럽고 복잡한 성격의 땅딸막한 열혈 교관은, 불만을 가진 상태든 의욕을 가진 상태든 편안하게 자신을 가라앉히는 사람이 아니었다. 진실에 대한 열망이 그를 편안하게 놔두지 않았던 것이다. 저녁 식사를 마치고 교관이 윈그레이브에게 베이커 가로 즉시 가보라고 말하자, 청년은 마치 얼마 전의 면담을 다시 떠올린 듯 괴상망측한 표정을 짓더니, '또다시 시련이 닥쳤군' 하는 표정을 지어 보였다. 분명 고모에게 겁을 집어먹고 있는 것 같았지만, 소심해서 그런 것 같지는 않았다. 저 가련한 청

❖ 런던에서 가장 국제적인 도시로 다양한 인종이 살며, 런던에서 호텔이 가장 밀집되어 있는 곳의 하나다.

년의 고향 집에 대한 공포는 스펜서 코일이 보기에도 당연했다. 그럼에도 불구하고 두려움을 무릅쓰고 진지를 향해 돌진하려는 생도 후보생의 모습에서 긍정적인 군인 기질을 발견할 수 있었다. 다른 젊은이들은 이런 위험스러운 상황을 대부분 회피했기 때문이다.

"오언은 생각이 너무 많아요!" 레크미어는 자신의 동료가 집을 나가자 교관에게 불만을 쏟아 놓기 시작했다. 당황하여 어찌할 바를 모르면서 울분을 터뜨렸다. 그는 코일 씨가 부탁한 대로 식사를 하기 전에 곧바로 그의 친구를 찾아갔었다. 거기서 그는 오언이 느끼는 양심의 가책이란 게 전쟁은 어리석은 짓이라는 신념에서 비롯됐음을 알 수 있었다. 오언은 그것을 '어리석은 집단행동'이라 불렀다. 오언은 사람들이 전쟁보다 더 현명한 방법을 고안해 내지 못한다는 사실에 크게 불만을 느끼고 있었고, 그가 결국 증명해 보이려 한 것도 자신은 결코 그런 바보가 아니라는 사실이었다. 그는 자신이 한 결정이 그를 위한 유일한 길이라고 확신하고 있었다.

"그렇다면 저 위대한 장군들은 모두 총살당해야겠군. 나폴레옹 보나파르트는 특히. 가장 위대한 장군이니까. 변명의 여지도 없는 범죄자에 괴물에 불과하다, 그 말이지!" 코일 씨는 레크미어에게 결론까지 내려 주었다. "그 친구는 자네에게 호의를 갖고 있었어. 내게 보여 주었던 것과 똑같은, 보석 같은 지혜를 가지고서 말이야. 자네가 뭐라고 대답했는지 알고 싶군."

"썩어 빠진 놈이라고 말해 주었습니다!" 레크미어가 강하게 말했다. 그 말에 코일 씨가 웃음을 터뜨리자, 놀라는 표정이었다. 코일 씨는 한동안 가만히 있다가 입을 열었다.

"정말이지 이상해. 다른 뭔가가 있는 것 같단 말이야. 딱한 일이야!"

"제게 그런 의문이 일어나기 시작했을 때의 얘기를 들려주더군요. 4, 5년 전, 그러니까 한니발, 율리우스 카이사르, 말버러, 프리드리히, 보나파르트 나폴레옹 같은 온갖 위대한 명장들과 그들의 전투에 대해 엄청나게 읽고 있던 시기였다더군요. 그 친구는 엄청난 독서가인 데다 책이 자신의 눈을 뜨게 해주었다고 말하는 친구니까요. 그 친구는 역겨움의 파도가 자신을 덮쳤다고 표현했어요. 전쟁의 '헤아릴 수 없는 비극'에 대해 얘기하고는 이렇게 묻더군요. 인민들은 왜 그런 지배자가 국가를 통치하게 놔두느냐고, 왜 정부를 해산시켜 버리지 않느냐고요. 그 친구는 늙고 초라한 보나파르트 나폴레옹이 최악의 군인이라며 증오했습니다."

"그래, 불쌍한 보나파르트 노인네, 한낱 짐승, 무서운 악한이었지." 코일 씨의 입에서 나왔다고는 믿기지 않는 말이었다. "하지만 자네는 그 친구의 말을 받아들이지 않았겠군."

"당연하죠. 동의할 수 없어요. 어쨌든 우리가 그 친구를 제압

했다는 건 다행한 일입니다. 저는 그 친구에게 그의 생각이 너무도 많은 시비를 만들어 낼 거라고 지적했습니다." 젊은 레크미어는 잠깐 머뭇거리더니 덧붙였다. "또한 최악의 상황에 대비해야 할 거라고도 말했습니다."

"물론 그 친구는 '최악'이 무슨 뜻이냐고 물었겠지." 스펜서 코일이 말했다.

"맞습니다. 그렇게 물었죠. 그래서 제가 뭐라고 대답했는지 아세요? 자네가 말하는 양심의 가책이니 역겨움의 파도니 하는 건 한낱 변명일 뿐이라고 했습니다. 그러니까 다시 묻더군요. 변명이라니, 내가 뭘 위한 변명을 한다는 거냐고."

"저런, 오히려 자네가 궁지로 몰렸구먼!" 코일 씨가 웃음을 터뜨리며 말하자 생도는 의아한 표정을 지었다.

"천만에요. 대답하지 못할 게 없잖아요."

"뭐라고 말했나?"

또다시 몇 초의 시간이 흘러갔다. 교관의 눈동자에 비친 젊은 이의 순수한 두 눈에 불길이 타오르고 있었다.

"뭐라고 했겠어요? 몇 시간 전부터 우리가 한 그 얘기였죠. 그 친구가 물려받은, 그러니까 그……." 정직한 청년은 잠깐 말을 더듬거리더니 뇌까리기 시작했다. "군인의 기질, 아시잖아요? 그 기질 말입니다. 그러니까 그 친구가 뭐라고 대꾸했는지 아세요?"

† 오언 윈그레이브 †

"빌어먹을 군인 기질!" 유능한 교관이 지체 없이 내뱉었다.

레크미어가 그를 노려보았다. 코일 씨의 반응으로 봐서는 자신이 윈그레이브를 제대로 설득시켰는지 확실하지가 않았다. 하지만 그는 목청을 높였다.

"그것만큼 그 친구한테 딱 들어맞는 말도 없잖습니까!"

"그 친구는 신경도 쓰지 않을 거야." 코일 씨가 말했다.

"그렇지 않을 겁니다. 만약 그렇다면 그 친구는 우리 생도들을 무시하는 겁니다. 저는 말했습니다. 제일 중요한 건 바로 그 기질이라고, 용기와 영웅심만큼 빛나는 건 없다고."

"아하! 그렇게 얘기했구면."

"용감하고 훌륭한 직무를 매도하는 건 나쁜 일이라고 말해 주었습니다. 군인으로서의 의무를 다하는 것만큼 멋진 일은 없다고요."

"자네한텐 필연적인 일이지, 친구." 그의 말에 레크미어가 얼굴을 붉혔다. 자신의 친구가 돌이킬 수 없는 지경에 이르렀다는 사실을 그는 도저히 이해할 수 없었을 것이다(또한 그는 친구가 그런 위험에 처했다는 걸 전혀 예상하지 못하고 있었다). 하지만 그 젊은이가 그동안 견지해 왔던 자세가 그를 얼마큼은 안심시켰다. 그는 레크미어의 어깨에 손을 얹으며 말했다. "그런 식으로 계속 밀고 나가게! 우린 할 수 있어. 그리고 난 자네를 믿네." 하지만 그렇게 말하는 교관은 정말로 이 심각한 문제를 끝낼 수 있을 것인지 의구심을 가지고 있었다.

"그 친구가 정말로 제 말에 신경도 안 쓴다면요?"

"그렇더라도, 오늘 오후에 자네가 한 말을 기억하고 밀고 나가게. 괜히 자네 환심이나 사려고 하는 말이 아니야."

"믿습니다. 전 그 녀석을 꼼짝 못하게 만들어 버릴 겁니다!" 코일 씨가 자리에서 일어났다. 두 사람이 나란히 앉아 대화를 하는 동안 코일 부인은 이미 저녁 식탁에서 물러나 있었다. 늘 하던 대로 훈련 캠프의 두목은 고급 자홍색 포도주가 담긴 잔을 들고서 자신의 생도에게 훈시를 늘어놓았다. 부동자세로 서 있던 생도의 뇌리에 엉뚱한 생각 하나가 스치고 지나갔다. 교관의 말에 따라 친구에게로 다시 가야겠다는 생각이 아니라, 오랫동안 특이하게 길러 왔던 자잘한 콧수염에 묻어 있을 포도주를 닦으러 가야겠다고. 교관은 생도가 아직 못다 한 말이 남아 있음을 느껴 문고리에 손을 올려놓고 잠시 기다렸다. 레크미어가 다가왔을 때 스펜서 코일은 그의 둥글고 순진한 얼굴에 예사롭지 않은 신념이 깃들어 있음을 보았다. 청년은 긴장하고 있었지만, 노련하게 행동하려고 애쓰고 있었다. "물론 우리끼리니까 하는 얘긴데……," 그는 더듬거리며 말을 이었다. "불쌍한 윈그레이브에게 관심이 없다면 입도 뻥긋하지 않았을 겁니다. 교관님이니까 드리는 말씀입니다만…… 그 친구가 꽁무니를 뺀다고 생각하십니까?"

†오언 윈그레이브†

코일 씨는 잠시 굳은 표정으로 그를 바라보았다. 그러고는 놀란 표정이 확연한 얼굴로 말했다. "꽁무니를 빼다니, 무슨 뜻인가?"

"뭐라니요, 사관학교 말입니다." 레크미어가 침을 꿀꺽 삼켰다. 그러고는 거의 호소하듯 덧붙였다. "그곳이 얼마나 위험한지, 아시잖아요!"

"자네 말은, 그 친구가 자기 몸 걱정을 하고 있다는 건가?"

레크미어의 눈이 애원하듯 커졌다. 교관이 그의 홍조 띤 얼굴에서 본 것은 – 눈물까지 비치는 것 같았다 – 그간 친구에게 갖고 있었던 충심과 존경심만큼이나 큰 실망감을 느낄지도 모른다는 두려움이었다.

"그 친구, 그 친구가 겁에 질려 있는 건 아닐까요?" 순진한 젊은이는 불안에 떨리는 목소리로 말했다.

"천만에, 전혀 그렇지 않아!" 스펜서 코일이 등을 돌리며 말했다.

레크미어는 적잖은 모욕감을 느꼈다. 수치심마저 일었다. 하지만 그보다는 안도감이 더 컸다.

3

그로부터 일주일이 안 돼 스펜서 코일은 자신의 조카와 함께 런던을 떠났던 윈그레이브 양으로부터 돌아오는 일요일에 파라모어 저택으로 와달라는 편지를 받았다. 오언이 너무도 무료해하고 있다면서. 온갖 사건과 기억들이 뒤얽힌 그 집에서 '끔찍하게 짜증나는' 그녀의 사랑하는 그 불쌍한 아버지와 최후의 담판을 짓는 건 오언으로선 가치 있는 일일 수도 있었다. 코일 씨는 베이커 가에서 만났을 때만 해도 자기 말을 건성으로 받아들였던 그녀가 파라모어로 와달라는 말을 듣고는, 그녀에게 심경의 변화가 있다는 것을 읽을 수 있었다. 교묘하게 환심을 사려는 행동이 아니었다. 오히려 위기에 처한 한 가문에 그가 특별한 호의를 가지는 이유를 알고 싶어 하는 눈치였다. 그녀는 아내와 동행하겠다면 따로 초대장을 보내겠다는 제안까지 했다. 또한 자신의 제의를 승낙한다면 레크미어에게도 초대장을 보내겠다고 써 놓았다. 그렇게 멋지고 남자다운 청년이라면 가련한 자신의 조카에게 도움이 될 거라고 생각한 모양이었다. 이 유명한 교관은 굴러 들어온 기회를 끌어안기로 결심을 굳혔다. 하지만 이런 경우 그는 걱정이 앞서는 위인이었다. 윈그레이브 양의 편지에 곧바로 답장을 쓰다가, 그는 갑자기 젊은 오언을 공격하기보다는 오히려 지켜 줘야겠다는 생각이 들면서 잠시 편지 쓰기를 멈추고 빙긋이 웃었다. 그러고는 매사에 공평하고 생각이 열려 있으며 엄전한 ― 더구나 자신보다 훨씬 멋진 풍모를 지닌 ― 자신의 아내에게 윈그레이브 양의 초청을 받아들이는 게 좋겠다고 말했

† 오언 윈그레이브 †

다. 그렇게 해서 유서 깊은 영국의 한 가문을 특별하게 대접하자면서. 그의 마지막 말에는 사실 완곡한 빈정거림이 숨어 있었다. 그는 전에 오언 윈그레이브에게 여러 번 연정을 품었던 '엄전한 숙녀'❖를 비난한 적이 있었다. 그러자 그녀는 격정에 이끌렸음을 시인했었다. 두 사람 사이에서 그 문제는 서로가 자유로운 영혼임을 시사해 주는 것이었다. 그녀는 열렬히 초청을 수락한다고, 농담조로 내뱉었다. 레크미어 역시 똑같이 기뻐했다. 마지막 스퍼트를 위해선 잠깐의 휴식이 필요하다면서.

멋진 고가古家에서 두어 시간을 보내고 났을 때, 스펜서 코일은 파라모어 사람들이 꽤 곤란을 겪었을 거라는 생각이 불현듯 들었다. 토요일 저녁에 시작된 파라모어 가의 두 번째 방문에서, 그는 살면서 겪은 가장 이상한 일들을 체험하게 되었다. 코일 부부는 주위에 아무도 없다는 걸 알게 되자마자 – 사람들은 만찬을 위해 옷을 갈아입으려고 제각기 흩어져 있었다 – 서로에게 주의를 환기시키는 말을 주고받았는데, 그 저택에 낙인처럼 찍혀 있는 불길하고 음산한 분위기에 대한 것이었다. 저택의 네 면 중 세 면이 돌출부인 이 집 안으로 들어서면 감탄을 자아내는 오래된 회색빛 현관을 만나게 된다. 하지만 코일 부인은 이 집의

❖ 코일 부인, 즉 스펜서 코일의 아내에 대한 풍자적 표현.

분위기가 괴이하다며, 이런 줄 알았으면 결코 오지 않았을 거라고 주저하지 않고 말했다. 그녀는 이 집을 '뭔가 꺼림칙한 곳'이라고 묘사했고, 제대로 알려 주지 않은 남편을 비난했다. 그제야 그는 몇 가지 사실들을 그녀에게 말해 주었고, 그녀는 옷을 갈아입으며 흥분 상태로 온갖 질문들을 퍼부었다. 그 와중에도 그는 한 특별한 여자, 줄리언 양에 대해서만은 아무 말도 하지 않았다. 그녀가 특별한 이유는, 그녀의 행동을 지켜보면 알게 되겠지만, 무척 의존적인 이 젊은 여인이 이 집에서 가장 중요한 역할을 담당하고 있다는 사실 때문이었다. 어쩌면 그런 줄리언 양을 코일 부인은 가식적이라며 혐오하게 되는지도 몰랐다. 그가 또 하나 굳게 입을 다문 것은 자신의 어린 제자가 그사이에 다섯 살은 더 늙어 보인다는 사실이었다.

코일 씨가 입을 열었다. "난 지난번에 윈그레이브 양에게 오언이 마음에 부담을 가지도록 가족들이 진심을 다해야 한다고 말했지만, 그녀는 내 말을 너무 곧이곧대로 받아들인 것 같소. 오언에게 지급하던 걸 모두 동결해 버렸으니까. 보급을 차단해서 제 발로 걸어 나오게 만들 심산이었던 게지. 내가 의미한 건 그게 아니었는데. 하지만 여기까지 오고 보니 사실 나도 그때 내 말이 무슨 의미였는지 잘 모르겠소. 오언이 압박감을 느끼고 있긴 하겠지만, 그 친군 결코 포기하지 않을 텐데." 기이하게도 아담한 키의 이 유명한 교관은 이 집에 들어서자마자 자신의 영혼이 어떤 반감의 파도에 휩쓸린 듯한 느낌을 받았다. 마치 오언의 편을 들기 위해 이 집에까지 온 것 같았다. 그가 받은 인상이나 그가 인식하는 모든 것이 무한히 깊어지는 느낌이었다. 그가 아끼는 청년의 저항이 그를 매료시키기 시작했던 것이다. 그의 아내가 남편의 생도가 드러내 보인 저항감을 지나칠 정도로 솔직하게 - 호전적인 군인이 되기에는 오언은 너무도 선량하며 자신의 신념을 견지해 내는 품위 있는 인간이라고, 그는 젊은 영웅처럼 강직하고 순교자처럼 창백한 얼굴을 가졌다고 - 칭찬한 것은 오언에 대한 동정심을 표한 것일 뿐이었지만, 그는 누구보다 아내의 말을 인정하고 있었다.

30분 전, 그러니까 갈색으로 빛바랜 거실에서 가볍게 차를 마신 뒤, 오언이 옷을 갈아입기 전에 잠시 밖으로 나가자고 그에게 제안했다. 멀리 테라스 끝에 이르렀을 때, 청년은 그의 팔짱을 끼며 생도와 교관 사이로는 흔치 않는 친밀감을 나타냈다. 무언가 털어놓을 말이 있는 것 같았다. 그는 제인 윈그레이브가 여러 개의 오래된(어두운 빛깔의 두꺼운 판유리로, 3백 년은 된 듯 보이는) 창문들 중 어느 한 곳에서 그들을 엿보고 있다는 걸 알고 있었다. 조카가 방문객의 마음을 상하게 하지나 않을까 감시하고 있는 것이었다. 코일 씨는 오언이 스스로의 결심을 철회하게 될까 봐 파라모어로 오지 않으려 했다는 사실을 누구보다 잘 알고 있었다. 하지만 결국 오언은 마지막 호소를 하기 위해 집으로 왔다. 그것이 헛된 일이 되지 않기를 희망하면서. 오언은 쓸쓸하게 웃으며, 이건 한 놈을 완전히 때려눕히겠다는 분위기라고 말했다.

"안 좋아 보이는군. 아픈 사람처럼 보여." 스펜서 코일이 매우 솔직하게 말했다. 그들은 테라스 끝에서 걸음을 멈추었다.

"맞서려니 엄청난 힘이 필요하네요."

"자네는 분명 엄청난 힘을 갖고 있어. 그걸 더 나은 데다 쓰길 바라네!"

오언 윈그레이브는 아담한 키의 교관을 미소 띤 얼굴로 내려다보며 말했다. "제가 가진 힘을 어디에다 써야 할지 저를 누구보다 잘 아는 교관님께서는 알고 계시잖아요? 그런데, 지금 전제 힘의 대부분을 이런 일에 쓰고 있어요." 오언은 머리칼이 삐죽삐죽 설 정도로 자신을 비난하는 할아버지와 끔찍한 시간들을 보냈다고 했다. 예상은 하고 있었지만 이토록 격렬한 대립이 일어날 줄은 몰랐다면서. 그의 고모는 좀 다르긴 했지만, 상처를 주는 건 매한가지였다. 그들은 자신들이 얼마나 그를 수치스러워하는지를 절감하도록 만들었다. 자신들의 이름을 공공연하게 실추시켰다고 그를 비난했다. 그는 3백 년 동안 유래를 찾아볼 수 없는 가문의 역적이 되어 있었다. 이제 모든 사람들이 그를 양심의 가책 따위나 지껄이는 젊은 위선자로 취급할 거라고 했다. 그들은 그가 느끼는 양심의 가책이 사람이 사람을 죽이는 문제와 결부되어 있다는 사실을 무시해 버렸다. 그의 조부는 증오로 가득 찬 이름들을 그에게 갖다 붙였다. "할아버지가 저를······ 저를 부르시길······." 떨리는 젊은이의 목소리가 안으로 잠겨 들며 채 말을 잇지 못했다. 그토록 건장했던 청년이었다고는 믿기지 않을 정도로 초췌해 보였다.

"짐작이 가네!" 스펜서 코일은 신경질적으로 웃으며 말했다.

어둡게 가라앉은 오언 윈그레이브의 두 눈이 마치 먼 옛날의 일들을 좇고 있는 듯, 한동안 먼 곳을 바라보았다. 그러다가 교관의 두 눈으로 돌아와서는 깊은 공명을 가진 목소리로 말했다. "이건 아닙니다. 아니라고요. 이러면 안 되죠!"

"이게 아니면, 그럼 뭐가 되어야 하는 건가?"

"뭐가 있겠습니까?"

"전쟁이 바보 같은 해결책이라고 생각한다면, 전쟁을 부정한다면, 적어도 대안을 제시할 수는 있어야지."

"인민들이, 정부와 내각이 책임을 져야 할 문제죠." 오언 윈그레이브가 말을 이었다. "중요한 문제라는 인식만 가진다면 대안은 충분히 빠른 시일 안에 찾아질 겁니다. 찾으려 하지 않으니까 찾을 수 없었다는 사실을 인식해야 합니다. 가령, 전쟁을 사형에 처하는 중죄로 만드는 겁니다. 그러면 각료들은 신속하고 정확하게 지혜를 모으게 될 겁니다!" 얘기를 하는 동안 그의 두 눈은 밝게 빛나고 있었다. 확신으로 가득 찬 행복한 얼굴이었다. 코일 씨는 복잡하게 뒤얽힌 체념의 한숨을 그 편집증 환자를 향해 내쉬었다. 한순간 그는 오언이 자신을 비겁자라고 생각하느냐고 묻는 환상에 빠져들었지만, 오언이 그런 식의 질문으로 자신을 불편하게 만들지 않을 거라는 걸 눈치채고는 안심했다. 스펜서 코일은 그의 용기를 의심하지 않는다고 털어놓을까 생각했지만, 그 말이 왠지 지나친 찬사처럼 비칠까 봐 불편했다. 그건 곧 오언의 생각이 옳다고 말하는 것이나 마찬가지일 테니까. 다행히도 오언의 말이 다시 이어졌다. "할아버지가 제 상속권을 박탈해 버릴 순 없지만, 그렇더라도 전 이 집을 제외하곤 아무것도 가질 수 없을 겁니다. 보시다시피 보잘것없는 집이니 세를 놓는다고 해도 얼마나 받겠습니까? 할아버지는 많진 않지만 얼마간의 현금도 갖고 계신데, 그마저도 전 만져 보지도 못하겠죠. 고모도 똑같아요. 당신 생각을 말씀해 주시더군요. 1년에 6백 파운드를 제게 주시는데, 제가 군인의 길을 접는다면 단 1페니도 주지 않겠다고요. 하지만 돌아가신 어머니가 제 앞으로 물려주신 1년에 3백 파운드의 몫은 공정하게 처리돼야 한다고 생각해요. 하지만 교관님께 분명히 말씀드리고 싶은 건 이 문제를 돈과 결부시켜선 안 된다는 겁니다." 젊은이는 상처 입은 짐승처럼 길고 느리게 숨을 내쉬었다. 그러고는 덧붙였다. "저를 괴롭히는 건 돈 따위가 아닙니다!"

"앞으로 어떻게 하려는 건가?" 스펜서 코일이 물었다.

"저도 모르겠어요. 어쩌면 아무것도 하지 않을지 모르죠. 실은 아무것도 하지 않는 게 위대한 일이죠. 평화를 위해서라면!"

오언은 지친 한 조각 미소를 던졌다. 그건 아직은 윈그레이브 가문의 일원으로서 발언할 수 있다는 사실에 감사한다는 기발한 표현처럼 보이기도 했다. 하지만 이제는 더 이상 그를 윈그레이브 사람으로 인정할 수 없는, 온갖 전투를 겪어 왔던 그의 입장에서는, 그의 그런 모습은 분노를 자아냈다. 또한 그런 식의 말을 오언의 조부와 고모가 들었다면 수치스럽지 않을 수 없었을 것이다. '어쩌면 아무것도 하지 않을지 모르죠' 라니. 위대한 전통을 이어 나가야 할 젊은이의 입에서 어떻게! 오언은 분명 용기 있고 흥미를 불러일으키는 젊은이였지만, 교관을 짜증스럽게 하는 면 또한 분명히 가지고 있었다.

"자네를 불안하게 만드는 게 뭔가?" 코일 씨가 물었다.

"이 집, 이 집이 주는 분위기, 이 느낌들이 절 불안하게 만들어요. 불만을 늘어놓는 것 같은 이상한 목소리들이 들려요. 제가 지나갈 때면 무서운 말들을 주절거립니다. 네가 하는 일이 양심에 어긋나지 않느냐, 책임을 질 수 있느냐…… 그런 말들이. 그러니 편하지가 않죠, 조금도요. 전 제 일을 전혀 즐길 수가 없습니다." 키 작은 교관의 눈을 굽어보는 오언의 눈동자는 예전의 정의로웠던 오언을 떠올리게 했다. 오언은 설득하듯 말했다. "제 눈에 오래된 유령들이 보이기 시작했어요. 벽에 점점 더 또렷이 나타나고 있어요. 할아버지의 할아버지, 그 특별한 이야기의 주인공을 교관님도 아시죠? 널따란 두 번째 층계참에 걸려 있는 그 노인의 모습이 캔버스 안에서 꿈틀거리고 있어요. 가까이로 가면 마치 숨을 쉬는 것 같죠. 계단을 오르내릴 때마다 불안해 죽겠어요! 고모가 입이 닳도록 가문이라고 부르는 것들이 그 벽에 죄다 모여 있어요. 지워 버릴 수 없는 그림의 형상으로 과거를 상기시키고 있죠. 고모와 함께 이곳으로 돌아온 날 고모가 그 벽을 가리키며 말하시더군요. 뻔뻔스럽게도 제가 저 가운데 서려 하지 않는다고요. 할아버지에게는 강하게 반항할 수 없었지만, 이제 의문은 끝났어요. 전 이곳을 떠나고 싶어요. 다시 돌아오지 못한다 해도."

"그래, 자넨 군인이야. 밖으로 나가 싸워야만 해!" 코일이 웃음을 터뜨렸다.

오언은 그의 경박함에 낙담한 것처럼 보였다. 하지만 두 사람이 왔던 방향으로 되돌아 걷기 시작했을 때, 그는 보일 듯 말 듯 미소를 띠며 말했다. "정말이지, 우린 타락했어요. 우리 모두가!"

두 사람은 낡은 포르티코❖로 통하는 길을 말없이 걸었다. 그러다 스펜서 코일이 발길을 멈추고는 불쑥 물었다. "줄리언 양은 뭐라고 하던가?"

❖ 대형 건물 입구에 기둥을 받쳐 만든 현관 지붕.

"줄리언이요?" 오언이 표 나게 얼굴을 붉혔다.

"그녀라면 자신의 생각을 숨기지 않았을 것 같은데."

"그녀의 생각 역시 우리 가문의 생각과 똑같아요. 물론 자신의 생각도 갖고 있었지만."

"자신의 생각?"

"그녀 자신의 가문 말입니다."

"그녀의 모친, 그러니까 병중에 계신 그 부인 말인가?"

"그녀의 부친 말입니다. 전투에서 전사한. 그리고 그녀의 할아버지, 그 할아버지의 아버지, 그녀의 숙부들, 왕숙부들…… 그들 모두 전쟁에서 목숨을 잃었죠."

"그렇게 많은 분들이 전쟁에서 희생되었는데 자네까지 거기 가라고 하던가?"

"오, 그녀는 절 증오해요!" 오언이 다시 걸음을 떼며 선언하듯 말했다.

"예쁜 아가씨들은 원래 멋진 젊은 남자들을 증오하는 법이지!" 스펜서 코일이 목소리를 높였다.

그는 줄리언 양이 자신을 증오한다는 오언의 말을 믿지 않았지만, 그의 아내의 생각은 달랐다. 오언과 나눈 얘기를 들려주자 아내의 얼굴엔 오언의 말을 그대로 믿는다는 표정이 떠올랐다. 코일 부인은 응접실에서 30분가량 진행된 만남에서 벌써 줄리언 양의 형편없는 태도를 충분히 간과한 모양이었다. 줄리언 양이 레크미어에게 추파를 던지는 꼴이 보기 싫어서 아예 자신의 얼굴에 눈이 달려 있지 않은 듯 행동했다고 했다. 그러면서 멍청한 레크미어를 이 파티에 불러들인 것은 실수였다고 말했다. 하지만 스펜서 코일은 줄리언 양에 대해 아내와는 다른 평가를 내리고 있었다. 줄리언 양이 레크미어에게 추파를 던진 건 다른 의도 때문이라고 생각한 것이다. 사실 줄리언 양은 오언의 오래된 친구라는 사실을 빼고는 이 집안에서 별다른 입지가 없었다. 윈그레이브 양의 질녀나 마찬가지였던 그녀는 일찍부터 오언의 친구가 되어 선조들의 그 비극적인 '단절'을 치유하려고 해왔다. 때문에 그녀 역시 오언의 선택을 받아들일 수가 없었다. 그러면 자신의 임무가 사라져 버리는 거나 마찬가지였다. 때문에 그녀는 오언의 현명한 친구로서 그와 논쟁할 준비가 되어 있었고, 그 싸움을 포기해 버리는 바보가 되고 싶지 않았던 것이다. 그녀는 파라모어 가문에 친숙함과 안정감을 가지고 있었기에 자신이 발언권을 가지고 있다고 생각했다. 하지만 어디까지나 그건 순진한 착각이었다. 어찌 보면 그것 역시 그녀의 독특한 매력이었는데, 열여덟 살 먹은 영악한 처녀가 그 집안의 상속인을 못마땅하게 생각하는 척하는 것은 쓸데없는 짓이었다.

코일 부인은 두 남자가 테라스에서 돌아온 뒤 남편에게 무슨 대화를 나누었는지 물었고, 남편의 답변 속에서 오언이 더 이상이 가문에서 귀한 존재로 대접받지 못한다는 걸 알 수 있었다. 또한 남편은 오언이 고조부의 초상화에 두려움을 느끼고 있다는 얘기를 해주었다. 그녀는 아직 그 초상화를 보지 못했고, 남편은 아래층으로 내려가면서 아내에서 그걸 보여 줄 생각이었다.

"다른 사람도 많을 텐데 왜 하필 고조부를 두려워하죠?"

"정말 대단한 존재니까. 아무 데서나 볼 수 있는 사람이 아니지."

"그럼 어디서 볼 수 있죠?" 코일 부인이 휙 소리가 나게 몸을 돌리며 물었다.

"그분이 죽어서 발견되었던 방. 화이트 룸, 여기 사람들은 늘 그렇게 불러 왔지."

"이 집에 유령이 있다는 뜻이에요?" 코일 부인은 거의 비명에 가까운 소리를 내질렀다. "그런데 아무 소리도 않고 절 이리로 데려온 거예요?"

"지난번에 내가 얘길 하지 않았소?"

"그에 대해선 한마디도 하지 않았어요. 윈그레이브 양 얘기만 했었죠."

"난 전부 다 얘기했소. 당신이 깜빡한 거지."

"그런 소리 마세요!"

"만약 내가 말하지 않았다면, 아마도 잠자코 있는 게 좋겠다 싶어서였을 거요. 말을 했다면 당신이 여기 오려고 하지도 않았을 테지."

"신소리는 그만하시고 제게 하지 않은 말을 털어놓으세요!" 코일 부인이 외쳤다. "대체 무슨 얘기죠?"

"음, 폭력에 관한 것이지. 수세기 전에 이 저택에서 일어났던. 아마도 조지 1세 때일 거요. 이 가문의 선조들 중 한 사람인 윈그레이브 대령은 홧김에 자식들 중 한 아이의 머리를 뭔가로 때렸는데, 청년으로 성장하고 있던 그 불행한 아이는 그만 죽고 말았소. 그 사건은 여러 시간 동안 쉬쉬대다가 누군가의 입을 통해 알려졌지. 그 불쌍한 소년은 이 집 별채의 어느 방에 안치되어 있었는데, 질식해 죽었다는 흉흉한 소문이 떠도는 가운데 서둘러 땅에 묻혔소. 그런데 다음 날 아침 가족들이 다 모였을 때 윈그레이브 대령의 모습이 보이지 않았소. 누군가의 입에서, 아이의 시체를 두었던 방에 있을지도 모른다는 얘기가 나왔지. 방으로 달려가 문을 두드렸지만 아무 대답도 없어 문을 열었는데, 윈그레이브 대령이 마룻바닥에 죽은 채로 누워 있었소. 평상복 차림이었는데, 마치 줄에 감겨 있다가 뒤로 나자빠진 것처럼 보였다고 하오. 누군가와 싸웠거나 가격을 당한 흔적은 전혀 없었소. 그분은 건장한 사람이었소. 그런 식으로 갑자기 죽을 사람이 아니었단 말이지. 아마도 밤에 잠자리에 들기 전에 그 방으로 갔을 거고, 죄책감이나 두려움에 휩싸였던 게 아닌가 싶소. 아무튼 그 사건이 일어난 뒤 소년의 유령이 나타났을 거라는 소문이 떠

† 오언 윈그레이브 †

돌았고, 누구도 그 방에서 자려 하지 않았소."

코일 부인의 얼굴이 창백하게 변해 있었다. "생각하기도 싫어요! 설마 우리한테 그 방을 주는 건 아니겠죠?"

"멀리 떨어져 있으니 걱정 말아요. 하지만 그 방은 정말 음침하더군."

"거길 들어가 본 거예요?"

"잠깐 동안. 이 집 사람들은 오히려 거길 자랑스러워하던걸. 전에 여기 왔을 때 오언이 나한테 그 방을 보여 주었지."

코일 부인이 굳은 표정으로 남편을 노려보았다. "그래서, 어떤 느낌이었어요?"

"뭐 그저 '옛날'을 느끼게 하는 것들로 가득 차 있는 넓고 칙칙한 구식 침실이었지. 천장에서 바닥까지 패널로 장식되어 있었는데, 한눈에 보기에도 아주 오래되었고 하얗게 칠해져 있더군. 하지만 세월이 지나서인지 칠은 바랬고, 벽에는 유리 액자에 담긴 아주 예스럽고 조그만 재봉 견본품 서너 개가 걸려 있었소."

코일 부인은 몸을 부르르 떨면서 주위를 둘러보았다. "여긴 그런 게 걸려 있지 않아서 다행이군요! 이런 가슴 졸이는 얘긴 처음 들어 봐요! 어서 식사나 하러 가요."

층계를 내려가던 중에 코일 씨가 아내에게 윈그레이브 대령의 초상화를 가리켰다. 붉은 코트와 가발로 장식한 강인하고 잘

생긴 신사의 용모는 당시의 지위와 품위를 고스란히 나타내고 있었다. 코일 부인은 그의 후손인 필립 경이 이 신사를 꼭 빼닮았다고 자신 있게 말했다. 그 순간 코일 씨는 한밤중에 파라모어 저택의 오래된 복도를 거닐 수 있는 용기를 가진 자라면, 저 신사와 비슷한 형상과 키 큰 유령 소년이 손을 맞잡고 있는 장면을 목격하게 될 거라는 상상에 빠졌다. 아내와 함께 응접실로 들어서자 그는 자신의 생도를 이스트본으로 보내야겠다는 생각이 더욱 절실해졌다. 하지만 막상 만찬 식탁에 앉자 불길한 예감은 사라졌다. 윈그레이브 가문의 으스스함이 이웃 사람들에 의해 완화되어 있었기 때문이었다. 만찬에 초대된 손님들 중에는 낯선 얼굴들도 보였는데, 밝은 표정의 교구 목사와 그의 아내, 그리고 생선을 가지고 온 말수 적은 젊은 남자가 끼어 있었다. 언젠가는 오언의 이야기가 나오겠지만, 그럴 때 괜히 나섰다가 바보가 될 것 같다는 생각이 들자 코일 씨는 새삼 그들이 구세주처럼 느껴졌다. 하지만 그들 덕분에 오히려 다음 날은 짜증나는 하루가 될 게 분명했다. 격식을 차리며 길고 긴 일요일을 보내야 할 것이고, 그 와중에 제인 윈그레이브의 냉혹한 생각들이 토해지는 것을 보아야 할 것이었다. 그녀와 그녀의 부친이 자신에게 매달릴 것 같다는 기분이 들면서, 만약 그들이 어리석기 짝이 없는 술책으로 그를 엮으려 든다면 자신의 생각을 명명백백하게 밝혀 모든 걸 끝내리라 생각했다. 그렇게 되면 손님들을 초대한 그들의 술책은 명백한 실수로 판명날 것이었다. 노인이 이 일을 꾸민 것은 분명 지인들에게 모든 게 잘되어 가고 있다는 인상을 심어 주기 위해서였다. 그리고 런던의 뛰어난 교관까지 참석시켜 오언에게 사관학교 시험에 대한 말을 털어놓게 만들기 위해서였다. 그런데 참으로 놀랍게도, 가족 간의 불화가 전혀 없다고 보이게 만드는 사람은 다름 아닌 오언이었다. 그는 사람들 앞에서 자신이 힘겨운 시험을 통과할 거라고 은근한 암시를 주며 더 이상 그 문제에 대해서는 거론하지 않았다. 스펜서 코일이 테이블 건너편으로 두어 차례 미묘한 눈빛을 보내자, 그는 혼란스러운 연민한 조각을 내보였다. 희생 제의에 바쳐진 한 어린 양의, 외면할 수 없는 고통이 담긴 얼굴이었다. '애석하도다, 용사여!' 그는 단지 겉치레에 불과한, 이 집안의 허약한 논리에 남몰래 탄식했다.

그가 만약 케이트 줄리언 양에게 집중하지 않았다면 아마도 그 생각에 매몰되어 버렸을 것이다. 그의 앞에 앉은 처녀는 너무나도 매력적으로 보였다. 동양인 같은 가느다란 눈과 풍성한 머리칼, 부끄러움을 모르는 대담한 성격의 뛰어난 미인이기 때문만은 아니었다. 그녀의 발그레한 살결과 마음에 쏙 드는 용모는 전부터도 알고 있었다. 지금 발산되는 그녀의 매력은 배려심이나 신중함, 심지어 아주 사소한 예의조차 갖추지 않은 듯한 태도 속에 깃들어 있었다. 그녀는 땡전 한 푼 없는 주제에 남을 깔보고 불쾌감을 주는, '딸린 식구'에 불과했다. 하지만 그 속에는 뭔가 의미심장한 것이 있었는데, 자신이 처한 열악한 상황을 극복하기 위해 모든 노력을 다하거나 아예 완전히 굴복해 버리겠다는 표현을 담고 있었다. 그녀는 공격적이지도 않았고 무관심하지도 않았다. 그렇게 말해지는 것은 근거 없는 소문에 불과했다. 그건 얻을 것도 잃을 것도 없는 그녀가 마음 가는 대로 행동해서 불러일으킨 오해일 뿐이었다. 스펜서 코일의 눈에 그녀는 상상 이상의 위기에 처한 것 같았지만, 스스로의 안전을 위해 아무런 노력도 하지 않았다. 그런 여자는 본 적이 없었다. 수감자 신세나 마찬가지인 그녀가 어떻게 지금까지 제인 윈그레이브와 평화를 유지하며 지낼 수 있었을까? 어쩌면 케이트 줄리언은 자신의 보호자인 윈그레이브 양에게 거만하게 굴었을지도 모른다. 일전에 파라모어 저택을 방문했을 때 그는 필립 경과 나란히 앉아 있는 그녀에게서 배수의 진을 치고 있는 듯한 인상을 받았다. 그녀와 필립 경 사이에는 누구도 의심할 수 없는 위계가 세워져 있음에도 불구하고 그녀는 필립 경의 비위를 맞추면서 그를 완전히 사로잡고 있었다. 반면 윈그레이브 양은 아버지 앞에서 패배자 혹은 억류자나 마찬가지인 자신의 운명을 당연한 것으로 받아들이고 있었다.

　오언이라는 영리한 소년과 이 소녀의 관계는 어땠을까? 무심하게 지냈을 리는 없었다. 둘은 모두 명랑하고 잘생기고 젊음이 넘치는 존재였으니 서로 반감을 가졌을 리도 없었다. 그들은 어린 시절부터 전원에서 여름을 함께 보냈을 것이다. 어떤 소녀라도 자신을 좋아하지 않는다고 그 멋진 사내아이를 거부할 수는 없었을 것이며, 또한 어떤 사내아이라도 그렇게 살갑게 구는 소녀를 거부할 수는 없었을 것이다. 코일 씨는 줄리언 부인이, 자신의 딸이 학교에 다니지 못했기 때문에 오언과의 사이가 지속되지 못했다고 말한 것을 기억하고 있었다. 또한 그 선량한 여인은 오언과 자신의 딸이 폴과 비르지니❖처럼 남매 같은 사이로 머물렀다는 사실도 털어놓았다. 그리고 그 '비르지니'가 지금 레크미어와 기분 좋은 시간을 보내기 위해 엄청나게 애를 쓰고 있음을, 그의 아내가 귀띔해 주었다. 코일 씨가 편안하게 이런 것들을 떠올릴 수 있었던 것은 순전히 다른 손님들 덕분이었는데, 그들의 대화는 어긋나는 법 없이 순조롭게 진행되고 있었다. 하나같이 똑같은 문제를 이야기했고, 집을 세놓는 문제가 나오자 마치 같은 상처를 입은 짐승들처럼 서로 푸념을 늘어놓았다. 그런 가운데 파티의 호스트들은 아무 일 없이 저녁 시간이 지나가기를 학수고대하고 있었는데, 그런 모습은 오히려 그들이 느끼고 있는 분노를 가늠하게 해주었다. 만찬이 진행되는 동안 그는 자

❖ 자크 생피에르(Jacques Saint-Pierre, 1737~1814)의 목가적 연애 소설 《폴과 비르지니》에 나오는 두 주인공.

신의 또 다른 생도에게 불안감을 느꼈다. 레크미어는 이제껏 모든 방면에서 기대한 만큼의 성과를 보여 주었다. 하지만 순진한 어린아이같이 풀어져 버린 지금의 그에게서는 그런 모습을 기대하기가 힘들었다. 파라모어 저택에서 누리는 즐거움이 그에게 분명 활력소가 되고 있었지만, 저 순진한 녀석의 행동은 분명 문제를 불러일으킬 소지가 있었다. 밝게 빛나는 레크미어의 이마는 거의 연민을 불러일으킬 정도의 솔직함을 드러내고 있었던 것이다. 그것은 줄리언 양 같은 사람에게서는 찾아볼 수 없는 면모였다.

4

식사를 마친 뒤 응접실로 나왔을 때 처녀는 스펜서 코일과 가까이에서 얘기를 나눌 기회를 찾고 있었다. 그녀는 미소 띤 얼굴로 부채를 펼쳤다 접으며 그의 앞에 서 있다가 묘한 눈으로 바라보며 불쑥 말했다. "교관님께서 왜 오셨는지 알아요. 하지만 별 소용이 없을 거예요."

"아가씨를 보러 온 건데, 소용이 없다니요?"

"친절하시군요. 하지만 제 눈을 속일 순 없어요. 교관님은 오언의 결심을 바꾸지 못할 거예요."

스펜서 코일은 잠깐 머뭇거리다 말했다. "아가씨는 오언의 젊은 친구와 뭘 할 거요?"

그녀는 고개를 돌려 뒤를 보았다.

"레크미어 씨 말인가요? 오, 불쌍한 청년! 우린 오언에 대해 얘기를 나누었어요. 그 사람은 오언을 아주 존경하죠."

"나도 그렇다는 걸 아가씨에게 확실히 말해 줘야겠군."

"우리 모두 그렇죠. 그게 바로 우리가 불행해진 이유죠."

"아가씨는 그 친구가 군인이 되기를 바라겠지?"

"아주 간절히 바라죠. 전 군대를 사모하고, 옛 소꿉동무도 끔찍하게 좋아하죠." 줄리언 양이 대답했다.

그는 옛 소꿉동무의 생각은 그녀와는 다르다는 걸 알고 있었지만, 그녀에게 굳이 그 점을 지적할 필요는 없다고 판단했다.

"아가씨의 옛 소꿉동무도 분명 아가씨를 좋아하겠군. 그렇다면 당연히 그 친구도 아가씨를 기쁘게 해주고 싶어 할 텐데, 어째서 두 사람의 관계가 좋아 보이지 않죠?"

"절 기쁘게 해주어야죠!" 줄리언 양이 목소리를 높였다. "유감스럽게도 오언은 절 무례한 천덕꾸러기라고 생각할 뿐이죠. 전 언젠가 제가 그를 어떻게 생각하는지 말해 주었지만, 그는 절 미워할 뿐이에요."

"너무 예민하군! 아가씬 방금 그 친구를 존경한다고 얘기했잖아요."

"그의 능력들, 그의 가능성은 존경하죠. 그의 외모도. 그런 것만 얘기한다면 그렇죠. 하지만 지금 그의 행동은 존경할 수가 없어요."

"그 친구에게 왜 그런지 말했소?"

"그럼요, 위험을 감수하고 솔직하게 말했죠. 별 반응은 없었지만, 아마 제 말이 거슬렸을 거예요."

"뭐라고 말했는데?"

줄리언 양은 잠깐 생각에 잠기며 다시 부채를 펼쳤다 접었다.

"왜 그렇게 했냐고, 그런 행동은 신사답지 못하다고 말했어요!"

그녀의 두 눈이 스펜서 코일의 눈과 마주쳤다.

"아가씨는 그 친구가 죽임을 당할 곳으로 보내지길 그토록 원하는 건가?"

"어떻게 그런 질문을 하세요?" 그녀는 웃음을 흘리며 말을 이었다. "교관님 맞으세요? 교관은 군인을 만드는 게 임무 아닌가요?"

"농담을 전혀 모르시는군. 어쨌든 오언 윈그레이브는 어떤 것으로 '만들' 필요가 없는 인물이오." 작은 키의 교관은 자신의 생각이 혼자만의 것이 아닌지 따져 보는 듯 잠깐 말을 멈추었다가 다시 말을 이었다. "그 친구는 타고난 전투 능력을 지닌 사람이오."

"그럼 그걸 증명해 보이셔야죠!" 여자가 그렇게 외치고는 돌아셨다.

 스펜서 코일은 가는 그녀를 내버려 뒀다. 그녀의 말투는 짜증 날 뿐 아니라 심지어 소름 끼쳤다. 결국 군인 가문 출신인 그녀는 무장한 전사의 모습에서 남성다움을 느끼는 보통 여자일 뿐이었다(젊은 여자들은 언제나 그런 남성성에 대한 틀에 박힌 생각을 갖고 있었다). 하지만 15분쯤 뒤 레크미어에게서 그런 전형적인 남성성을 발견하자, 스펜서 코일은 무척 심란해져서 냉담하게 그 순진한 청년에게 말했다. "너무 오래 있었단 생각이 들지 않나? 내가 여기서도 자넬 통제해야겠나?" 마침 손님들이 하나둘씩 자리에서 일어나 침실을 밝힐 촛불에 불을 붙이고 있었다. 레크미어는 교관의 말을 기분 나쁘게 받아들이기에는 너무도 기분이 좋은 상태였다.

 "전 지금 너무너무 잠자리에 들고 싶어요. 근데, 이곳에 끔찍하게 재밌는 방이 있다는 거 아세요?"

 "설마 이 사람들이 자넬 거기다 집어넣진 않겠지?"

 "그럴 리가요. 오랫동안 그 방에 든 사람은 없다던데요. 하지만 그 방에서 지내 보고 싶어요. 짜릿하지 않을까요?"

 "그래서 줄리언 양한테 허락을 받으려고 했던 건가?"

 "그녀는 허락할 수 없다고 했어요. 하지만 그 이상한 이야기를 믿기는 하는 모양이던데요. 누구도 감히 그 방에서 지내려 하지 않는다고 했으니까요."

"괜한 호기 부리지 말고 조용히 잠자리에 들게나!" 스펜서 코일이 말했다.

레크미어가 실망감이 깃든 수긍의 한숨을 내쉬었다.

"그렇게 하죠. 하지만 윈그레이브 가문을 좀 더 느껴 봐야 하는 거 아닌가요? 아직은 맛을 덜 봤거든요."

코일 씨가 자신의 시계를 확인하고는 말했다.

"담배 한 모금 정도는 허락하겠네."

그는 레크미어의 어깨에다 손을 얹고는 아내를 돌아보았다. 그녀가 든 양초가 기울어져 그의 코트에 촛농이 흘러내리고 있었다. 여자들은 모두 침실로 가고 있었는데, 그 시간에 잠자리에 드는 건 필립 경이 만들어 놓은 오래된 전통이었다. 코일 부인은 남편에게서 끔찍한 얘기를 들은 뒤부터 아무리 짧은 시간이라도 혼자 있지 않겠다고 선언한 상태였고, 그는 3분 안에 뒤따라가겠다고 약속하며 아내를 침실로 올려 보냈다. 여자들은 그에게 정중하게 악수를 하고는 치맛단을 끌며 흩어졌다. 그러나 케이트 줄리언만은 그에게 인사를 하지 않았다. 말 한마디, 눈길 한 번 주지 않고 다만 오언 윈그레이브를 지그시 바라보고 있었다. 오언은 그런 그녀는 아랑곳하지 않고 동정심을 유발하는 그녀의 어머니에게만 고개를 숙여 보였다.

한편 윈그레이브 양은 불이 일렁거리는 조그만 초를 널따란 참나무 계단에다 올려놓고는 세 명의 여자를 불러 모았다. 그러

† 오언 윈그레이브 †

고는 초를 들어 올려 불우한 운명을 가진 선조의 초상화를 비추었다. 오언이 반감을 드러내며 주춤주춤 움직이자 필립 경은 그 가련한 청년과 등진 채 돌아섰고, 시종이 나타나서 노인의 팔을 붙들었다. 나중에 알게 된 일이지만, 이 할아버지와 손자 사이가 불편해지기 전에는, 오언은 늘 잠자리까지 공손하게 할아버지를 모셨다고 한다. 필립 경이 지켜 온 오랜 전통들은 이제 경멸스러운 것으로 변해 있었다. 노인은 시종의 도움을 받아 자신이 기거하는 아래층으로 발을 끌며 물러났다. 그의 뒷모습에 드리워진 이글거리는 분노의 빛 때문에 한동안 손님들은 자책감에 시달렸다. 그건 늘 그가 보여 주던 부드러운 태도와 상충되었기 때문이다. 스펜서 코일의 눈에는 그 분노의 빛이 '내일 우린 젊은 악당을 해치워 버릴 거야!'라고 말하는 것 같았다. 복도 한쪽 끝을 서성이고 있는 젊은 악당은 마치 수표 위조범처럼 초조해 보였다. 그는 의자에 털썩 주저앉더니 신경질적으로 일어났다 앉았다를 반복했다. 그러다가 자신의 교관이 레크미어에게 마지막 경고를 하고 있는 곳으로 다가왔다.

"이제 자러 가야겠네. 내가 좀 전에 했던 말을 유념하게나. 자네 동무와 여기서 담배 한 개비를 태우고 나서 방으로 가게. 만약 밤 동안 자네가 어떤 엉뚱한 게임이라도 했다는 말이 들리면 자넬 경멸하게 될 거야." 레크미어는 호주머니에 손을 찔러 넣고 고개를 숙인 채 양탄자를 발끝으로 찍어 댈 뿐이었다. 그런 암묵적인 동의에 만족하지 못한 스펜서 코일은 곧바로 오언에게로 말머리를 돌렸다. "자네한테도 일러 둬야겠네, 윈그레이브. 저 친구를 침실로 보내고 난 뒤에 꼭 문을 잠그게나." 오언이 이해할 수 없다는 듯 그를 응시하자 그가 덧붙였다. "레크미어는 자네 집안의 그 역사적인 방들 중 한 방에 병적인 호기심을 가지고 있다네. 미리 방비를 해야 한다는 얘길세."

"오, 전설이란 좋은 겁니다. 오히려 실망할까 봐 겁나네요!" 오언이 웃음을 터뜨렸다.

"너도 그 전설을 믿지 않는다는 거 알아, 친구!" 레크미어가 큰 소리로 말했다.

"난 그렇게 생각하지 않네." 코일 씨가 오언의 상기된 얼굴을 바라보며 말했다.

"누가 너한테 그 얘길 해줬는지 알아." 오언이 엉거주춤한 자세로 촛불로 담뱃불을 붙이면서 말했다.

"그래, 그 여자가 해줬어. 그게 어때서?" 레크미어가 시뻘건 얼굴로 성냥갑을 더듬거리며 말했다.

오언 윈그레이브는 조용히 담배를 피우다가 큰 소리로 말했다.

"그 여자가 알 것 같아? 그 여잔 아는 게 없어."

"그녀가 모르는 게 뭔데?"

"그 여잔 아무것도 몰라! 저 친구 재워야겠어요!" 오언이 자신을 바라보는 코일 씨에게 경쾌하게 말했다. 코일 씨는 젊은 친구들이 자신을 불편해함을 느끼고는 자신 역시 생도들이 낯설게 느껴졌다. 하지만 늘 그랬듯 신중한 태도로 두 사람에게 바보짓은 절대 하지 말라고 말한 뒤 이층으로 이어진 계단을 올라갔다. 층계 꼭대기에서 놀랍게도 줄리언 양과 마주쳤다. 그녀는 다시 아래층으로 내려오려 한 게 분명했다. 그녀는 그를 보고도 그다지 놀라지 않았지만, 10분 전쯤에 그를 무시하던 것과는 다른 태도로 변명처럼 몇 마디를 흘렸다. "뭘 좀 찾으려고 내려가는 길이에요. 보석을 잃어버렸거든요."

"보석?"

"꽤 괜찮은 터키옥인데, 목걸이에서 떨어졌나 봐요. 제가 제일 아끼는 거죠!" 그러고는 층계를 밟아 내려갔다.

"내가 같이 가서 도와줄까요?" 스펜서 코일이 물었다.

처녀는 몇 계단 아래에서 고개를 돌리고는 동양인처럼 가늘게 올라간 눈으로 그를 쳐다보았다.

"홀에서 목소리가 들리던데요?"

"멋진 청년들이 거기 있지."

"그럼 그 사람들이 절 도와주겠죠." 그러고는 다시 계단을 내려갔다.

스펜서 코일은 그녀를 따라가고 싶은 충동을 억제하고는 아내가 있는 방으로 향했다. 하지만 곧바로 침실로 들어가지는 않았다. 일단 침실 곁에 딸린 탈의실로 들어갔지만 코트를 벗을 수가 없었다. 그는 30분가량 소설을 읽는 둥 마는 둥 하다가 조용히, 뭔지 모를 흥분감에 휩싸여 탈의실을 나가 복도로 향했다. 그 통로를 따라서 레크미어의 방이라고 짐작되는 문 앞으로 갔다. 방문이 잠겨 있는 것을 확인하고 나자 그는 한숨을 내쉬었다. 그 얼이 나간 청년이 잠자리에 들었다고 생각하니 안도감이 밀려왔다. 이제 확인을 한 이상 조용히 물러나려 했다. 바로 그 순간, 방에서 무슨 소리가 들리는 것 같았다. 그는 냅다 문을 두드렸다. 레크미어가 셔츠와 바지를 입은 채로 나와 방문객을 들였다.

"자네를 괴롭힐 생각은 없네. 하지만 자네가 과도하게 흥분해 있지 않다는 걸 꼭 확인하고 싶었네."

"오, 얼마든지요!" 순진한 청년이 말했다. "줄리언 양이 다시 내려가더군요."

"터키옥을 찾으러?"

"그렇게 말했어요."

"찾았나?"

"모르겠어요. 전 그냥 올라왔으니까요. 불쌍한 윈그레이브만 남겨 두고요."

"아주 잘했군." 스펜서 코일이 말했다.

"잘한 건지 모르겠네요." 레크미어가 불편한 얼굴로 말을 이었다. "두 사람이 다투는 걸 내버려 두고 왔으니까요."

† 오언 윈그레이브 †

"무슨 문제로 다투던가?"

"글쎄, 이해를 못하겠어요. 괴짜 커플이에요!"

스펜서 코일이 머뭇거리다가 연민과 비슷한 감정으로 말했다.

"그녀가 오언에게 반감을 가지고 있다는 생각이 들지 않나?"

"천만에요! 오히려 오언이 항상 그녀에게 거짓말을 하던걸요!"

"무슨 뜻이지?"

"왜 제 앞에서까지 그러는지. 그래서 두 사람을 그냥 내버려 뒀어요. 치열하게 싸웠겠죠. 근데 사실은 제가 바보같이 그 귀신 들린 방 얘기를 다시 꺼냈어요. 죄송해요."

"자네 말이야, 다른 사람 집에선 그런 식으로 사생활을 캐물어선 안 되네. 자네한텐 그럴 권리가 없어. 알겠나?" 코일 씨가 나무랐다.

"걱정 마세요. 그리고 그 방 가까이엔 가고 싶지도 않아요!" 레크미어가 믿어 달라는 듯 말했다. "줄리언 양이 말하더군요. 제가 그 방에 가면 위험에 빠질 거라고. 그러더니 불쌍한 오언을 돌아보며 빈정거리듯 이렇게 덧붙이더군요. 하지만 특별한 가문의 자손은 그 방에서 무사할 거라고요."

"그래서, 오언이 뭐라고 하던가?"

"처음엔 아무 말도 않더군요. 하지만 곧 아주 조용한 목소리로 말했어요. '난 매일 밤을 그 빌어먹을 방에서 보내지.' 그 소릴 듣고 우리 둘은 동시에 그를 노려보면서 소리를 질렀어요. 제가 거기서 무얼 봤냐고 물었더니 아무것도 보질 못했대요. 그러자 줄리언 양이 말했죠. 그런 식으로 말고 더 솔직히 말하라고요. 그러자 오언이 말하더군요. '그건 얘기가 아니야. 하나의 사실이지.' 그러자 그녀는 오언을 비웃으면서 그랬다면 왜 그날 아침에 자기에게 아무 말도 하지 않았냐고, 그 이유를 알고 싶다고 하더군요. 이유야 빤하죠. 그녀가 자신을 어떻게 생각하는지 잘 알고 있었으니까 아무 말 안 했겠죠. '아무래도 상관없어.' 윈그레이브는 그렇게만 말했어요. 그 말에 화가 났는지 그녀는 아주 신경질적으로 말했어요. '네가 우리 두 사람을 속이려는 걸 모를 것 같아?'라고요."

"지독하군!" 스펜서 코일이 소리를 질렀다.

"정말이지 독특한 여자예요. 도대체 어떤 여자인지 모르겠어요."

"독특한 여자인 것도 사실이고, 영리한 젊은 남자들과 밤이 이슥하도록 즐겁게 떠들어 대는 여자이기도 하지!"

레크미어가 잠시 생각에 잠겼다가 말했다. "제가 이러는 건, 그녀가 오언을 좋아한다고 생각하기 때문입니다."

스펜서 코일은 평소와는 다른 묘한 느낌에 휩싸인 채 불쑥 말했다. "그럼, 오언도 그녀를 좋아하는 것 같나?"

레크미어는 의미를 알 길 없는 한숨을 구슬프게 내쉬고는 툭

† 오언 윈그레이브 †

뱉었다. "모르겠어요, 전 포기했어요! 그 친구는 확실히 뭘 봤거나 무슨 소리를 들은 게 분명해요."

"그 수수께끼 방에서? 무슨 근거로 그렇게 확신하는 건가?"

"모르겠어요. 그냥 그렇게 보였어요. 그런 것처럼 행동했다고요."

"그러면 왜 얘기를 하지 않았을까?"

레크미어는 잠시 생각에 잠겼다가 입을 열었다. "너무도 음산했던 거죠!"

스펜서 코일이 웃음을 터뜨렸다. "자네 혹시 그 방엘 들어가 보지 못해서 기분이 언짢아진 건가?"

"그렇다마다요!"

"잠이나 자, 멍청아." 그렇게 말하고는 스펜서 코일이 다시 웃음을 터뜨렸다. "하지만 그 말만은 듣고 가야겠네. 줄리언 양이 자네 두 사람을 속였다고 말했을 때, 오언은 뭐라고 말하던가?"

"이렇게 말했어요. '날 그 방으로 데려가. 그런 다음 문을 잠가 버려!' 라고요."

"그래서 줄리언 양이 그를 데려갔나?"

"모르겠어요. 전 그냥 올라와 버렸다니까요."

스펜서 코일은 그와 오래도록 눈길을 주고받았다.

"아직 두 사람이 홀에 있을 거 같지 않군. 오언의 방이 어디지?"

"모르겠는걸요."

코일 씨는 당황스러웠다. 그 역시 오언의 방을 알지 못했기 때문이다. 그렇다고 아무 방이나 문을 열어 볼 수는 없는 일이었다. 그는 레크미어에게 이제 그만 자라고 하고는 복도로 나와 걸음을 옮기기 시작했다. 그는 선조들의 이름이 적혀 있는 많은 방들을 하나씩 떠올리면서 오언이 전에 안내해 주었던 그 방으로 가는 길을 찾을 수 있을지 자문해 보았다. 하지만 파라모어 저택 복도들은 복잡하게 얽혀 있었다. 더구나 시종들 몇은 아직 깨어 있을 것이고, 그들에게 집 안을 어슬렁거리는 모습을 보여 주고 싶지는 않았다. 그는 자신의 방 쪽으로 발길을 돌렸다. 더 늦으면 아내가 그가 곁에 없다는 걸 알아챌 것이다.

시간이 지날수록 점점 더 '소름 끼치는' 이 무시무시한 곳에서 도대체 어찌할 바를 모르겠다고 아내가 털어놓았을 때는, 아직 밤이 그다지 깊어지기 전이었다. 레크미어한테 단단히 다짐을 받아 놨다는 남편의 말을 하는 수 없이 받아들이긴 했지만, 그녀의 정신은 시간이 흐를수록 또렷해져 밤을 꼴딱 새울 것만 같았다. 2시가 가까워지자 코일 부인은 잔뜩 주눅이 들어 있던 오언이 무척 걱정스러웠다. 그래서 그 사악한 처녀가 그를 끔찍한 시험에 빠뜨리지 않을까 걱정된다며, 남편에게 오언의 마음을 어떻게든 평정시킬 방법을 찾아보라고 사정했다. 하지만 스

† 오언 윈그레이브 †

펜서 코일은 마치 완벽하게 고요한 밤이라는 듯, 엄청난 시련에 맞설 각오를 하고 있을 오언에 대해 암묵적인 지지만을 보내며 아내에게 이렇게 말했다.

"차라리 그 친구가 그 방에 있다면 좋겠군. 모든 사람들이 틀렸다는 걸, 그가 공포심 때문에 군인이 되지 않겠다고 한 게 아니라는 걸 똑똑히 알게 될 테니까!"

어쨌거나 그는 제대로 잘 알지도 못하는 그 집을 탐색할 수가 없었다. 그의 머릿속은 뒤죽박죽 엉망이었다. 자고 싶은 생각도 없었다. 그는 결국 탈의실에 우두커니 앉아 불빛 아래 소설책을 펼쳐 든 채로 졸음이 쏟아지기를 기다렸다. 아내도 마침내 돌아눕는가 싶더니 잠잠해졌다. 어느덧 그 역시 의자에 앉은 채로 잠에 빠져들었다. 그러다 정신이 번쩍 들었을 때 자신이 꽤 깊이 잠에 빠져 있었음을 깨달았다. 바로 그 순간, 그는 소름 끼치는 소리를 들었다. 그 소리는 공포를 실감하게 해주는 아내의 비명 소리와 뒤섞여 있었다. 하지만 그는 아내에게는 주의를 기울이지 못한 채 복도로 튀어 나갔다. 그 소리는 반복되고 있었다.

"도와줘요! 도와줘요!"

고통과 공포에 휩싸인 여인의 목소리였다. 먼 곳에서 들려오고 있었지만, 어디인지는 충분히 감지할 수 있었다. 스펜서 코일은 그곳을 향해 곧장 내달렸다. 갑자기 문을 열어젖히는 소리가 났고, 그의 눈 속으로 이른 새벽빛이 빨려 들었다. 여러 개의 통

로들 중 한 곳을 막 돌았을 때, 벤치 위에 실신한 채 늘어져 있는 창백한 여자의 모습이 보였다. 케이트 줄리언이었다. 뒤늦은 죄책감에 휩싸인 그녀는, 자신의 조롱의 희생양이 된 그의 몸에 감겨 있던 줄을 푼 뒤, 넋이 빠진 채로 자신이 얼마나 끔찍한 일을 저질렀는지 비로소 깨닫고 있었다. 문이 열려 있는 방 안으로 눈길을 돌린 순간 그는 정신이 혼미해졌다. 오언 윈그레이브가 지난밤의 옷차림 그대로, 그의 선조가 발견되었던 바로 그 자리에 죽은 채로 누워 있었다. 마치 전장에 누워 있는 젊은 용사처럼.

† 오언 윈그레이브 †

친구 중의 친구

The Friends of the Friends

　의뢰인께서도 예상하셨겠지만 무척 흥미로운 얘기이긴 합니다만 출간의 가능성이라는 미묘한 문제를 푸는 데는 그다지 도움이 되지 못했습니다. 그녀의 일기는 제가 기대했던 것만큼은 체계적이지 못했습니다. 다만 묘사와 서술, 특히 요약하고 절제하는 데 능숙한 솜씨를 보이더군요. 하지만 얘기가 될 만한 것을 빠뜨리지 않고 잘 포착해 냈다고는 인정하기가 힘듭니다. 물론 그녀가 소문이 아니라 직접 보고 느낀 것들을 기술했다는 점은 인정합니다. 그녀는 때로는 자신의 입장에서, 때로는 상대방의 입장에서, 때로는 두 사람 모두의 입장에서 서술하고 있는데, 마지막 부분이 비교적 가장 생생했습니다. 하지만 생생함이 항상 출간을 가능하게 하지는 않습니다. 솔직히 말씀드리자면 제 눈에는 그녀의 글이 몹시 경솔해 보입니다. 의뢰인의 편의를 위해 여러 개의 작은 장들로 나누어 놓은 부분이 바로 그 경우에 해당합니다. 얇은 공책에 다시 옮긴 내용들은 제가 직접 쓴 것인데, 쉽게 이해할 수 있는 완결본이라 보시면 되겠습니다. 일기 속의 사건은 분명히 수년 전의 일이었습니다. 저는 일기를 읽어 나가면서 놀라지 않을 수 없었으며, 그 놀라운 사실들이 암시하는 바를 있는 그대로 받아들이기 위해 최선을 다했습니다. 이 일기를 읽고 충격을 받지 않을 사람이 있을까요? 공개하지 않는 것이 더 낫다고 여긴 듯 그녀가 '친구들'의 이름은 물론 이니셜마저 밝히지 않기도 했습니다만, 설마 의뢰인께서는 한순간이라도 제가 이 일기를 세상에 내놓을 거라고 상상하신 건 아니시겠지요? 의뢰인께서는 혹시 그분들의 정체를 풀 만한 어떤 단서를 갖고 계실지 모르겠지만, 저는 그녀의 생각대로 놔두겠습니다.

1

물론 그 일은 나로 인해 일어난 일이지만 그렇다고 더 나아질 건 없다. 그에게 그녀의 얘기를 전해 준 것은 내가 처음이었다. 그때까지 그는 그녀에 대해 들어 본 적이 없었다. 하지만 설사 내가 말해 주지 않았더라도 누군가는 그렇게 했을 것이다. 이런 생각을 하면서 마음이 편해지기를 기대했지만, 그렇게 얻은 위안은 변변치 못했다. 인생에서 유일한 위안거리는 바보로 살지 않았다는 사실이었는데, 그것은 이제 결코 내가 누리지 못할 지상의 행복이 되었다. "그녀를 만나서 얘길 해봐요." 내가 지체하지 않고 던진 말이었다. "유유상종이라는 말도 있잖아요." 나는 그녀가 누구인지 그에게 말해 주었다. 내가 유유상종이라고 표현한 것은, 그가 젊은 시절에 겪은 이상한 모험을 그녀 역시 같은 시기에 경험했기 때문이었다. 그녀는 지인들로부터 그 사건을 들려 달라는 끊임없는 요청을 받았고, 덕분에 그 이야기는 지인들에게 잘 알려져 있었다. 영리하지만 무척 불행한 여자인 그녀가 명성을 얻게 된 것은 그 사건 때문이었다.

열여덟 살 때 이모와 함께 해외로 나갔던 그녀는 양친 중 한 사람이 죽음에 직면하는 환상을 보았다. 부친은 수백 마일이나 떨어진 영국에 있었기에 죽어 가고 있다거나 죽었다는 걸 알기에는 너무 먼 거리였다. 한낮이었고, 외국의 어느 대도시에 위치한 미술관에서였다. 그녀는 일행과 떨어져 홀로 유명한 작품들이 전시되어 있는 조그만 전시실로 들어갔는데 그 안에는 낯모르는 두 사람이 있었다. 그중 하나는 나이가 많은 관리인이었고, 다른 한 사람은 얼핏 보기에 외국인 여행객 같았다. 처음에 그녀는 그가 모자를 쓰고 있지 않으며 긴 의자에 앉아 있다는 사실만 인식했을 뿐이었다. 그런데 그 모자를 쓰지 않은 사람에게 그녀의 눈길이 머무른 순간 그녀는 소스라치게 놀랐다. 그 사람은 바로 그녀의 부친이었던 것이다. 그 남자는 마치 오랫동안 딸을 기다리고 있었던 것처럼 유난히 지쳐 보였고, 그녀를 책망하는 것 같은 표정이었다. 당황한 그녀는 큰 소리로 외치며 곧장 그에게로 달려갔다. "아빠, 어떻게 된 일이에요?" 하지만 바로 그 순간 그 남자는 사라져 버렸고, 관리인과 뒤처져 있던 친척들이 놀라 달려온 뒤에도 그녀의 그 생생한 느낌은 사라지지 않았다. 미술관 관리인과 그녀의 이모, 그리고 그녀의 조카들은 그 사실에 대해, 적어도 그때 그녀로부터 어떤 인상을 받았는지에 대해 증언할 수 있는 목격자들이었다. 더구나 다른 일행의 한 사람으로 미술관을 둘러보고 있다가 사건이 일어난 후 곧바로 그녀와 대화를 시도했던 한 의사의 증언도 있다. 그는 그녀의 히스테리 증상을 진료해 주고는, 그녀의 이모에게 은밀히 말했다. "집안에 무슨 일이 생긴 건지도 모르니 살펴보시기 바랍니다." 사실 그때는 이미 무슨 일인가가 일어난 뒤였다. 그날 아침 그녀의 가련한 아버지가 갑자기 경련을 일으킨 뒤 세상을 떠나 버린 것이었다. 이모, 그러니까 그녀의 어머니의 여동생은 그날이 다 가기 전에 그 사실을 알리는 전보를 받았는데, 조카에게 마음의 준비를 시키라는 당부가 적혀 있었다. 그녀의 조카는 이미 준비가 된 상태였고, 미술관에서 보았던 환상 또한 그녀의 머릿속에 생생히 살아 있었다. 그녀의 친구인 우리는 이 사실을 다른 친구들 모두에게 전했고, 섬뜩한 느낌 역시 서로 나누었다. 그로부터 12년의 세월이 흘러갔다. 그사이 그녀는 결혼을 했고, 행복하지 못한 결혼 생활을 이어 가다 파경을 맞이했는데, 남편과 별거를 하면서 인생의 전기를 마련하는 듯했다. 하지만 이혼 소송이 마무리된다 해도, 그녀가 예전의 이름으로 돌아온다는 것은 그저 '자기 아버지의 유령을 본 여자'로 돌아온다는 것을 의미할 뿐이었다.

 내가 사랑한 남자에 대해 말하자면, 그는 자기 어머니의 유령을 본 사람이었다. 유유상종이라고 말하지 않았던가! 그와 나 사이가 친밀하고 유쾌해져서 그가 자신의 특별한 얘기를 내게 들려주었고, 나는 그에 필적할 만한 경험을 가진 다른 친구가 있다고 말해 주었다. 그 후 나는 지겹도록 그의 일화를 떠들고 다녔고, 아마도 그 때문에 그 얘기가 마치 꼬리표처럼 그를 따라다녔을 것이다. 내가 그를 안 지 1년이 채 안 됐을 때였다. 그녀가 그렇듯 그에게도 다른 훌륭한 점들이 많았다. 솔직히 말하자면, 척 보는 순간 나는 그가 가진 장점들을 꿰뚫어 보았다. 그가 내게서 장점을 찾아내기도 전에. 내 경험으로는 이해하기 힘든 그 기이한 일화에 나는 동화되었고, 급기야 그에게 급속도로 관심을 가지게 되었다. 그의 일화는 그녀와 마찬가지로 십수 년 전에 일어난 일이었다. 그는 몇 가지 이유로 옥스퍼드에서 장기간 머무르고 있었다. 그러던 어느 날 그는 강물 위를 흐르는 8월의 오후를 즐겼다. 숙소로 돌아왔을 때도 여전히 맑은 햇살이 비치고 있었는데, 미동도 없이 방문을 응시하고 있는 자신의 어머니를 발견했다. 그날 아침 그는 아버지와 함께 웨일스에 살고 계신 어머니로부터 편지를 받은 터였다. 그를 발견한 순간 예사롭지 않은 빛줄기에 싸인 그녀는 미소 띤 얼굴로 그를 향해 팔을 활짝 펼쳤다. 그 역시 기쁨에 겨워 팔을 벌린 채 튕기듯 앞으로 나갔는데, 그 순간 어머니가 사라져 버렸다. 그날 밤 그는 자신에게 일어난 그 일을 어머니에게 편지로 썼는데, 그 편지는 지금도 고이 간직되어 있다. 그리고 다음 날 아침, 그는 어머니가 돌아가셨다는 소식을 들었던 것이다.

내가 그에게 적합한 파트너를 소개시켜 주겠다고 하자 그는 몹시 충격을 받은 듯했다. 그때까지 자신과 같은 경험을 한 사람을 들어 본 적이 없었기 때문이다. 그들은, 내 친구와 그는, 반드시 만나야만 했다. 그들은 분명 뭔가를 공유하고 있을 터였다. 그녀가 반대만 하지 않는다면, 또한 그 역시 꺼리지 않는다면, 나는 그들의 만남을 주선할 생각이었다. 안 그럴 이유가 없었다. 나는 가능한 한 빠른 시일 안에 그녀에게도 말하겠다고 약속했고, 그 주에 나는 그렇게 할 수 있었다. 그녀 역시 그가 그랬듯 전혀 '꺼리지' 않았다. 기꺼이 그를 만나겠다고 했다. 그럼에도 불구하고 그 만남은 이루어지지 않았다. 누구나 이해할 수 있는, 그런 만남은.

2

그들의 만남은 이해하기 힘든 방해를 받아 이루어지지 않았다. 연속적으로 일어난 사고들 때문이었다. 그 사고들은 수년 동안 집요하게 일어났고, 나나 그들에게 풍성한 얘깃거리를 제공했다. 그 일들은 처음엔 무척이나 신기했지만 점점 식상해졌다. 기이한 것은 나나 그들이나 그 모든 걸 묵묵히 받아들였다는 사실이다. 무심하게 넘길 상황도 아니었고, 적잖이 기분 상할 일이기도 했는데 말이다. 그것은 운명이 부리는 변덕 같기도 했고, 그들의 상반된 관심과 습관 때문에 일어난 일이기도 했다. 그의 일상은 사무실을 중심으로 이루어지고 있었는데 쉴 틈 없는 검열관의 업무로 여유가 없었을뿐더러 사람들에게 무시로 불려 다니느라 약속은 번번이 취소되었다. 그는 워낙 사람들과 어울리기를 좋아했기 때문이다. 반면에 그녀는 여러모로 한적한 교외와 맞았다. 그녀가 살고 있던 곳은 리치먼드로 결코 그 지역을 '벗어나려' 하지 않았다. 그녀는 어디서나 돋보이는 여인이었지만 유행에 민감하지는 않았으며, 사람들의 말처럼, 자신이 처한 상황을 잘 알고 있었다. 자존심이 강하고 꽤 엉뚱한 면모도 가진 그녀는 자신이 설계한 대로 인생을 살아가는 여자였다. 그녀와 함께할 수는 있었지만 그녀를 모임에 끌어들일 수는 없었다. 그래서 사람들은 그녀의 사촌이 속한 모임에 나가 차를 마시며 그녀의 모습을 살펴보는 것으로 만족했다. 그 모임에서 나오는 차는 훌륭했지만 그녀의 모습이 특별히 훌륭한 것은 아니었다. 물론 그녀가 아버지의 유령을 보았던 그 미술관에 같이 있었고, 현재 그녀와 함께 살고 있는 무뚝뚝한 노처녀인 그녀의 사촌처럼 역겹지는 않았지만. 그녀가 그런 질 낮은 친척과 관계를 유지하는 것은 경제적인 이유 때문이었다. 같이 사는 사촌을 자신의 훌륭한 보호자라고 선언한 적도 있다. 그건 어디까지나 그녀가 가진 개인적인 특질들의 하나로, 우리로서는 마땅히 감내해야 할 몫이었다. 그녀의 또 다른 특징적인 면모는 남편과의 파경으로 인해 생겨난 엄전한 태도였다. 그건 가혹할 정도여서, 적잖은 사람들이 무시무시하다고 표현할 정도였다. 그녀는 결코 환심을 사려 하지 않았고, 양심의 가책을 부풀렸다. 그녀는 하찮은 것조차 의심했는데, 그건 어쩌면 그녀가 자신의 과거를 잊지 못했기 때문일 수도 있었다. 그녀는 내가 아는 한 곤경에 처했을 때 과감해지기보다는 오히려 정숙해지는 몇 안 되는 여자들 중 하나였다. 특히나 남자들이 접근할 수 있는 선을 명확히 그어 놓고 있었다. 그녀는 남편이 사사건건 트집을 잡는 사람이라고 생각해서 노인을 제외하고는 남자들의 방문을 철저히 사절해야 마음을 놓았다. 그건 결코 지나친 노파심이 아니라고 말한 적도 있었다.

처음으로 그녀에게 그녀와 똑같은 기묘한 운명을 가진 친구가 있다고 말했을 때, 나는 그녀가 아무 거리낌 없이 '그럼 그 사람과 만나게 해줘!'라고 말할 줄 알았다. 그랬다면 나는 바로 그를 데려왔을 것이고, 무척이나 순수하고 그다지 복잡할 것 없는 만남이 이루어졌을 것이다. 하지만 그녀는 그런 식으로는 말하지 않았다. 단지 이렇게 말할 뿐이었다. "꼭 만나긴 해야겠지. 그래, 그 사람을 마음에 담아 두고 있을게!" 처음 그들의 만남이 뒤로 미루어진 것은 바로 그 때문이었다. 그러는 사이에 여러 가지 일들이 일어났다. 그중 하나는 시간이 갈수록 매력을 더해 간 그녀에게 많은 친구들이 생겨났고, 그 친구들 중에는 그의 친구들도 있어서 둘을 두고 심심찮게 논란이 일어났다는 것이다. 나의 이해하기 힘든 한 쌍의 남녀는 말하자면 같은 세계에 속하지 않았으면서도, 속된 말로 한 패가 아니었으면서도, 기이하게도 수없이 많은 상황에서 같은 사람들과 어울려 우스꽝스러운 합창을 즐기고 있었다. 그를 알지 못하는 그녀의 친구들조차 때를 맞춰서 반드시 그를 만나야 하지 않겠냐고 그녀를 부추겼다. 그녀는 사람을 끄는 타고난 면모를 갖고 있어서, 우리들 각자는 은밀하고도 은근한 질투심을 가지고 각자 그녀를 자신만의 보물이라고 생각하고 있었다. 그녀는 쉽게 접근할 수 없을뿐더러 사교계에서도 만나기 쉽지 않은 희귀한 사람이었기 때문이다. 우리는 각자 시간을 달리해서 그녀를 개별적으로 만났지만, 각각이 나눈 이야기는 서로 크게 다르지 않았다. 어떤 사람은 다른 사람들에 비해 훨씬 뒤늦게야 그녀의 얘기를 들었고, 그런 혜택조차 받지 못한 어떤 실없는 여자는, 한동안 '끔찍하도록 똑똑한 벽지❖의 사람들'과 친교를 맺겠다는 이유로 그녀의 명성이 자자한 리치몬드를 세 번씩이나 방문한 적도 있었다.

누구나 행복한 생각을 함께 나누어 가지고 싶어 하지만, 그 행복한 생각들이 항상 큰 호응을 얻는 건 아니다. 하지만 영향력 있는 다수가 힘을 발휘할 때는 대부분 호응을 얻는 데 성공한다. 나의 숙녀와 신사를 둘러싼 이야기가 다수의 힘을 가장 극명하게 드러낸 예였다. 두 사람의 만남은 친구들 사이에서 한 편의 왁자지껄한 익살극처럼 말해졌고, 두 사람이 만나지 못하는 사이 그들이 만나야 하는 이유는 50배는 부풀려졌다. 그들은 끔찍할 정도로 닮아 있었다. 똑같은 생각과 습관과 취향, 똑같은 편견과 이단적인 생각을 갖고 있었다. 그들은 똑같은 것들을 말했고, 때로는 똑같이 실행에 옮겼다. 좋아하거나 싫어하는 사람과 장소도 같았고, 좋아하거나 싫어하는 책, 저자, 문체도 동일했다. 심지어 용모의 특징도 유사했고, 둘 모두를 엄전하게 보이게 하는 '품위' 있는 근사한 말투도 비슷했다. 하지만 빈번히 친구들의 입방아에 오르내린 가장 놀라운 유사점은, 사진 찍히는 것을 이상하리만치 싫어하는 그들의 태도였다. 그들은 우

❖ out-of-the-way. 외진 곳이라는 뜻과 함께 보통 사람의 삶과 동떨어진 방식으로 살아간다는 의미를 담고 있는 표현이다.

리들 가운데 한사코 사진 찍기를 거부했던 유일한 사람들이었다. 나는 이 문제에 대해 큰 소리로, 특히 그에게, 내가 원하는 건 그저 본드 거리에서 구입한 나무 액자 안에 사진을 넣어서 응접실 벽난로 선반 위에 올려놓는 거라고 불만을 터뜨렸다. 어쨌든 바로 이 유사성은 그들이 서로를 알아야만 하는 모든 이유들 가운데 가장 절실한 것이었다. 그러나 그런 모든 이유에도 불구하고 그들의 만남은 서로의 면전에서 요란한 소리를 내며 닫혀 버린 문처럼, 우물의 두레박처럼, 시소의 양쪽 끝처럼, 한 국가의 두 정당처럼, 한쪽이 올라가면 한쪽은 내려가고, 한쪽이 나가면 한쪽이 들어가는 식의 기묘한 법칙에 의해 번번이 실패로 끝나 버렸다. 단지 한 사람이 올 수 없게 되었을 때만 다른 한 사람이 도착했고, 한 사람이 떠나 버린 순간에 나머지 한 사람이 도착했다. 한마디로 그들은 엇갈린 존재, 양립할 수 없는 존재였다. 마치 운명이 그렇게 결정되어 있는 듯, 서로가 늘 엇갈렸다. 하지만 세월이 흐른 뒤, 결국 실망과 괴로움으로 끝나 버린 그들의 결말까지 미리 결정되어 있었던 것은 아니었다. 그러나 많은 것들이 그들에게 도움이 되었지만, 어디까지나 그건 그들의 교신을 위해 설치된 전선에 불과할 뿐, 두 사람은 식사한 번 함께할 수 없었다. 한 사람에게 제대로 된 때는 다른 한 사람에겐 제대로 된 때가 아니었다. 일부러 만들어진 듯한 폭풍우와 인간 세계의 여러 사고까지 그들의 만남을 방해했다. 감기, 두통, 가족의 사망, 돌풍, 안개, 지진, 홍수가 영락없이 그들을 가로막았다. 농담으로 넘길 일은 단 하나도 없었지만 그들은 그걸 농담으로 받아들였다.

　그런 일을 농담으로 넘기려는 태도가 그들 사이의 상황을 더욱 심각하게 만들었다. 자의식과 서로에 대한 어색함이 더욱 배가되었고, 단 하나 남은 최후의 사건, 즉 그들의 만남에 대한 본능적인 두려움도 더욱 짙어졌다. 그래서 더 많은 준비를 했을 것이고, 좌절 또한 컸을 것이다. 그런 서곡이 있었기에, 그들은 필연코 극적으로 만나야 했다. 그저 단순하고 무미건조한 만남이면 안 되었다. 그런 수년 동안의 기다림 끝에 그들이 정말이지 멋쩍게 대면하는 모습은 나로서도 보고 싶지 않았다. 그들은 분명히 같은 생각을 했을 것이고, 어떤 식으로든 각자의 생각을 전해 들었을 것이다. 상황을 최종적으로 조정한 것은 바로 그들의 독특한 수줍음이었을 것이다. 즉 첫 한두 해는 어쩔 수 없는 이유로 만날 수 없었지만, 이후로는 – 이렇게 말해도 될는지 모르겠지만 – 서로에 대해 점점 더 신경을 쓰게 된 나머지 서로를 만나지 못하게 하는 습관을 더욱 고수했던 것이 아닐까. 우스꽝스러운 일이 규칙적으로 발생하는 상황을 돌파하자면 숨겨진 결단력을 끄집어내야 했는데, 그러기엔 너무 부담스러웠기에.

3

 오랜 기간 사귄 것에 대한 보답이라도 하듯 그는 내게 청혼을 했고, 나는 그것을 받아들이는 조건으로 그에게 사진을 달라고 농담처럼 말했다. 사실 그동안 나는 그의 사진을 가질 수 없다면 내 사진도 줄 수 없다고 거절해 왔었다. 나는 마침내 벽난로 선반 위에다 그의 선명한 모습을 놓아둘 수 있게 되었고, 결혼을 축하하기 위해 우리 집을 방문한 그녀는 그 사진으로 그와 더 가까워졌다. 또한 그의 사진은 그녀에게도 사진을 달라고 말할 수 있는 본보기가 되었다. 그가 사진을 찍지 않겠다는 고집을 꺾었듯이 그녀도 자신의 사진을 내게 주지 않을까? 하지만 그녀는 웃음을 터뜨리며 고개를 가로저었다. 먼 곳에서 불어와 한 떨기 꽃을 흔드는 미풍과도 같은 그녀의 고갯짓은 마치 자신의 충동을 억제하는 것처럼 보였다. 미래의 남편과 어울리는 사진은 미래의 아내의 사진이라며, 자신의 입장을 고수했다. 죽을 때까지 사진을 찍지 않겠다는 것은 그녀의 고집이자 맹세였다. 바로 그것이 그녀를 더욱 독창적이게 만들었다. 그녀는 사진으로나마 그를 볼 수 있음을 즐거워하며 액자 뒤편까지 살펴보면서 한동안 아무 말이 없었다. 그러고는 우리의 약혼을 따뜻한 우정과 호의로 반겼다. "넌 내가 그 사람을 알기 훨씬 전부터 그를 알고 있었잖니. 참 오랜 세월이었을 거야." 그녀는 우리가 험난한 장애를 뛰어넘어 왔기에 이제는 함께 쉴 때가 되었다고 말했다. 그 말에 나는 이상할 정도의 안도감을 느꼈고, 그로 인해 그녀와 나의 관계가 그 어느 때보다 자연스럽게 느껴졌다. 그런 흥분이 지나쳤던 탓인지, 나는 두 사람이 만날 약속을 제의했다. 그녀는 그런 내 말에 아무런 대답도 하지 않고, 내가 본드 거리에서 구입한 액자 속에 담긴 그의 잘생긴 얼굴을 보고 있었다. 나는 왜 그녀에게 그의 사진을 보여 주었던 것일까? 나는 처음부터 그녀가 그에게 관심을 가지길 원했고, 또한 이후로 두 사람을 계속 갈라놓고 있는 우스꽝스러운 마법이 깨지길 바랐다. 다행히도 내 약혼자는 그녀가 그 마법을 깨기 위해 당당히 자신의 몫을 한다면 그 역시 자신의 몫을 할 거라고 말한 상태였다. 나는 돌아오는 토요일 5시에 그가 나의 집에 있을 거라고 장담했다. 급한 용무로 지금은 마을을 떠나 있지만, 약속 시간에는 나타날 거라면서. "확실한 거지?" 그녀가 엄숙하고 사려 깊은 표정으로 그렇게 물었다. 그녀의 얼굴은 약간은 지치고 어딘가 불편해 보였다. 안타깝게도 그는 이런 초췌한 모습의 그녀를 보게 될는지도 몰랐다. 5년 전에 그녀를 볼 수 있었다면! 나는 약속 시간은 확실하며, 만남이 이루어지는 건 오직 그녀에게 달렸다고 말했다. 토요일 5시면 그녀는 평소에 그가 즐겨 사용하던 의자에 앉아 있게 될 것이었다. 지난주에 그는 그 의자에 앉아 우리의 미래에 대한 질문을 던졌다. 어떤 사람이 자신의 두 번째 자아에게 자신이 가장 사랑하는 친구를 소개해 주는 게 얼마나 어려운 일인지를 내가 스무 번도 넘게 반복하는 동안 그녀는 입을 꽉 다문 채, 사진을 들여다보던 그 눈길로 의자를 바라보고 있었다. "네가 가장 사랑하는 친구가 나야?" 그녀는 미소를 띠며 물었는데, 그 순간 그녀의 아름다움이 되살아났다. 나는 그녀를 가슴에 꼭 껴안는 걸로 대답을 대신했다. 그러자 그녀는 이렇게 말했다. "그래, 올게. 꽤나 두렵지만, 날 믿어도 돼."

그녀가 떠난 뒤, 나는 두렵다는 그녀의 말이 왠지 신경이 쓰이면서 그녀를 두렵게 만드는 게 무언지 의문이 들기 시작했다. 다음 날 늦은 오후, 나는 그녀가 보낸 세 줄짜리 서신을 받았다. 우리 집에서 떠난 후, 7년 동안이나 보지 못한 남편이 세상을 떠났다는 소식을 받았다는 것이었다. 그녀는 내가 다른 경로로 그 소식을 듣기 전에 자신이 먼저 말하고 싶었다면서, 그렇지만 꽤 넘치 말라고, 그녀의 인생에서 그건 별일이 아니기에 약속을 지키는 데는 지장이 없을 거라고 써놓고 있었다. 나는 그 일로 인해 그녀에게 조금이라도 돈이 생기지 않을까 싶어 처음에는 기뻐했다. 하지만 전날 우리 집을 나서면서 그녀가 두렵다고 한 말이 떠오르며 가슴이 답답해지더니, 갑작스러운 공황 상태에 빠져 버렸다. 그것은 질투가 아니라, 질투를 느낄까 봐 생겨난 두려움이었다. 그와 내가 부부가 될 때까지 차분히 기다리지 못한 나 자신이 바보처럼 느껴졌다. 결혼한 뒤였다면 어떻게든 마음의 안정을 찾았을 것이다. 나는 왜 한 달밖에 남지 않은 내 결혼

† 친구 중의 친구 †

식까지 기다리지 못하고 그들을 만나게 하려 한 것일까? 오랫동안 신경증을 앓아 온 그녀는 남편의 죽음으로 그 신경증에서 해방되었을 터였다. 그건 불길한 징조였다. 지금까지 온갖 방해물의 희생자였던 그녀가 앞으로 훼방꾼 노릇을 할 수도 있다는 생각이 들었다. 그 경우 희생자는 내가 될 터였다. 이제껏 그녀를 훼방 놓았던 신이 손가락을 뻗어 그녀의 희생자가 될 사람을 지목한다면, 그것은 나였다. 그러자 일단 두 사람이 만나면 그 뒤로도 계속 은밀한 만남을 가질 거라는 확신이 들었다. 그들이 서로 가까워져 하나로 수렴되고 있다는 생각이 나를 점점 더 세차게 찍어 눌렀다. 그들은 눈을 가린 채 보물찾기 놀이를 하고 있는 것 같았다. 한 사람은 이미 찾았고, 나머지 한 사람은 보물에 '가까워져' 있었다. 이제껏 그들을 만나지 못하게 했던 마법이 깨어질 것만 같았다. 이 문제는 가만히 앉아 생각만 한다고 해결될 문제가 아니었다. 나는 한밤중에도 잠들지 못하다가, 그런 망령을 쫓아내는 단 하나의 방법을 깨달았다. 만약 그들 사이에 기세등등하게 일어났던 사고들이 더 이상 일어나지 않는다면, 나 자신이 사고를 일으킬 수밖에 없었다. 나는 의자에 앉아 그에게 보내는 편지를 황급히 쓴 다음 하인들이 잠자리에 들었을 때 모자도 쓰지 않은 채 돌풍이 몰아치는 텅 빈 거리로 나가 가장 가까운 우체통이 있는 곳으로 갔다. 그녀와 약속한 그날 그 시간에 내가 집에 있을 수 없게 되었으니, 방문을 저녁 식사 시간으로 연기해 달라는 내용이었다.

4

그녀가 5시에 모습을 나타냈을 때 나는 치졸하고 비열한 짓을 했다는 느낌을 지울 수가 없었다. 내가 한 행동은 순간적인 광기에 휩쓸린 짓이었다. 그녀는 한 시간가량 머물렀다. 그는 물론 오지 않았다. 내가 할 수 있었던 것은 그저 나의 배신을 지속시키는 것뿐이었다. 나는 그가 없는데도 그녀를 집으로 들어오라고 했는데, 이상하게도 그러는 게 덜 죄스러울 것 같았기 때문이다. 하지만 남편의 죽음으로 인해 창백하고 피로한 모습으로 앉아 있는 그녀를 보자, 연민과 후회에 시달렸다. 내가 무슨 짓을 저질렀는지 끝내 말하지 못한 것은 너무도 수치스러웠기 때문이었다. 나는 그가 올 수 없다는 사실을 바로 오늘에야 알게 되었다며 놀라운 얼굴을 하고 있었다. 이 이야기를 하고 있으려니 얼굴이 달아오른다. 참회하는 마음으로 이 글을 쓰고 있다. 시곗바늘이 움직이는 동안 나는 그들의 운명이 돌이킬 수 없는 곳으로 흘러가는 것을 망연히 지켜보았다. 그녀는 미소를 머금은 채 그들의 그런 운명을 지켜보고 있었다. 하지만 그녀의 얼굴은 불안으로 가득했고, 평소와 다르게 상복을 입은 그녀의 모습이 나를 줄곧 자극했다. 상장喪章은 두드러져 보이지 않았지만,

옅은 검은빛의 상복이 가책을 불러일으켰다. 그녀는 세 개의 조그만 검정 깃털이 달린 보닛을 쓰고, 아스트라칸❖ 모피로 만든 작은 방한용 토시를 끼고 있었다. 그녀는 남편의 죽음이 갑작스럽긴 하지만 달라질 건 없노라고 편지에다 썼었다. 그러나 막상 그녀의 모습은 평소와는 완연히 달랐다. 정말로 그녀가 동요하지 않았다면 남편의 부음을 들은 그다음 날 평소처럼 차를 마시러 외출할 수 있었을까? 남편이 매장될 때까지 기다릴 수 없을 만큼 너무도 보고 싶은 누군가가 있는 게 분명했다. 그런 생각이 나를 거칠고 잔인하게 만들어 나는 계속, 끔찍한 속임수를 썼던 것이다. 시간이 흐름에 따라 그녀의 얼굴에서 실망감보다 더 깊은, 감추어지지 않는 뭔가를 볼 수 있었다. 그것은 쉽게 드러나지는 않았지만 근원적인 안도감, 위험이 지나갔다는 부드러운 한숨 같은 것이었다. 그녀는 나와 함께 아무 쓸모없는 시간을 흘려보낸 뒤 마침내 그와의 만남을 포기했다. 그녀는 내가 들어 본 것 중에서 가장 우아한 농담을 빌려 그런 뜻을 전하며, 그럼에도 불구하고 자신의 생애에서 가장 근사한 데이트였다고 말했다. 그녀는 지나간 모든 공허한 시간들을, 그 길고 긴 숨바꼭질을, 그 미증유의 기괴한 관계를 가볍고 즐거이 얘기했다. 그녀가 떠나려고 하자 나는 앞으로 그를 만날 기회가 더 많아질 거라고 말

❖ 새끼 양의 아주 곱슬곱슬한 털로 만든 검은 모피.

했지만, 당장에 그런 기회가 올 거라고 뻔뻔스럽게 말하지는 못했다. 유일한 기회는 내 결혼식일 게 분명했다. 나는 그녀에게 물었다. 물론 내 결혼식에 오겠지? 그도 그러길 바랄 거야.

"내가 그라면, 그런 희망을 품진 않을 거야!" 그녀는 그렇게 말하고는 잠깐 웃음을 터뜨렸다. 그 목소리와 웃음소리를 듣자니 우리의 결혼을 안전하게 치러야겠다는 생각이 더욱 절실해졌다. "아무것도 우릴 도와주지 못해!" 그녀는 내게 작별의 키스를 하며 말했다. "난 결코, 결코 그를 만나지 못할 거야!" 그녀가 떠나며 남긴 말이었다.

그녀가 그를 만나지 못해 드러내는 실망감은 견딜 수 있었다. 하지만 두 시간쯤 뒤 저녁 식탁에서 그와 마주 앉았을 때, 그녀를 만나지 못해 그가 느끼는 실망감은 견디기 힘들다는 것을 깨달았다. 내가 한 그릇된 행동의 결과는 그의 입에서 이제껏 들어본 적 없는 비난으로 발산되고 있었다. 그러자 감정을 주체할 수 없어 내가 한 부당한 행위와 그렇게 해야만 했던 가련한 이유를 그에게 실토하고 말았다. 그녀는 제시간에 왔고, 나는 외출하지도 않았다고. 그녀는 여기에 있었고, 한 시간이나 당신을 기다렸다고.

"날 아주 형편없는 놈이라고 생각했겠군!" 그가 큰 소리로 말했다. "그녀가 나에 대해서," 그는 잠시 말을 멈추고는 숨을 골랐다. "나에 대해 뭐라고 하지는 않았소?"

"그녀는 최소한의 감정만 드러냈을 뿐 아무 말도 하지 않았어요. 그녀는 당신의 사진을 보았어요. 당신의 주소가 적혀 있는 액자 뒷면까지요. 하지만 별다른 반응을 보이진 않았어요. 무슨 일에든 크게 상관하지 않는 친구잖아요."

"그렇다면 당신이 그녀를 두려워하는 이유는 뭐요?"

"제가 두려워하는 건 그녀가 아니라, 당신이에요."

"내가 그녀와 사랑에 빠질 거라고 생각하는 거요? 전에는 그런 의심을 한 적이 없잖소." 내가 침묵을 지키고 있는 동안 그가 말을 이었다. "당신은 그녀가 존경할 만한 사람이라고 했소. 하지만 그녀를 내게 보여 주려 한 건 그 이유가 아니었나 보군."

"다른 이유였다면 그녀를 살짝이라도 훔쳐봤을 거라는 뜻인가요? 처음엔 전 두려울 게 없었어요." 그러고는 덧붙였다. "그땐 다른 이유가 있었죠."

그러자 그는 내게 키스를 했다. 그런데 한두 시간 전에 그녀 역시 내게 키스를 했다는 기억이 떠오르면서 마치 그가 내 입술에서 그녀의 입술을 느끼는 듯한 기분이 들었다. 소름이 끼쳤다. 마치 그가 내게 속임수의 죄를 묻고 있다는 끔찍한 기분이 들었다. 그에게 솔직하게 고백했음에도 불구하고, 지우지 못할 오명을 짊어진 듯 슬펐다. 그녀는 그가 오지 않은 것에 별달리 신경 쓰지 않았다고 말하자, 그는 묘한 눈길로 나를 바라봤다. 우리가 알고 지낸 이후 처음으로 내 말을 의심하고 있는 것 같았다. 그와 헤어지기 전, 나는 그녀에게 진실을 알려 주겠노라고, 아침에 리치먼드 행 첫 기차를 타고 가서, 그에겐 아무런 잘못이 없다는 걸 알리겠다고 말했다. 그러자 그는 다시 내게 키스를 했다. 나는 속죄하겠다고 말했고, 먼지처럼 초라해졌다. 나는 고백했고, 용서를 빌었다. 그 순간 그는 다시 한 번 내게 키스를 했다.

5

다음 날 기차에 올랐을 때, 나는 그가 동의해 준 것이 고맙게 느껴졌다. 하지만 그가 동의하지 않았더라도 나는 기차에 탔을 것이다. 시야가 탁 트인 곳까지 긴 언덕을 올라가서 마침내 그녀의 집 앞에 이르러 문을 두드렸다. 블라인드가 아직 드리워져 있는 게 조금은 이상했지만, 너무 일찍 찾아온 게 아닌가 싶기도 했다.

"집에 계시냐고요? 부인은 아주 가버리셨어요."

나이 든 가정부의 말에 나는 깜짝 놀라며 되물었다. "가버렸다면……?"

"떠나셨다는 말입니다, 부인." 그다음에 이어진 말에 숨이 막혀 버렸다. "어젯밤에 돌아가셨지요."

내 몸을 빠져나온 커다란 비명이 온몸을 후려치는 듯한 소리가 되어 내 귓속으로 밀려들었다. 내가 그녀를 죽인 것처럼 느껴졌다. 몸을 약간 틀었을 때 어둠 속에서 한 여인이 내게로 팔을 뻗는 게 보였다. 기억이 몹시 흐릿하지만, 조금 뒤 어둠이 가득한 방에서 내 친구의 불쌍하고 어리석은 사촌이 뭐라고 말한 뒤 가볍게 책망하듯 나를 보며 울먹였던 것이 생각난다. 쓰라린 자책감으로 미망과 혼돈 속에 빠져 버린 나는 내게 벌어진 이 엄청난 일을 이해하기 위해, 이 일을 객관적으로 받아들이기 위해 꽤나 오랜 시간이 필요했다. 의사는 그녀의 죽음에 대해 지극히 현명하고 냉철한 판단을 내렸다. 오래전부터 그녀의 심장이 약해져 있었는데, 그것은 수년 전의 결혼 생활이 가져다준 불안과 공포 때문이라고 했다. 그 기간 동안 그녀는 끔찍한 일들을 겪었는데, 그것이 그녀의 삶에 공포를 심은 것이다. 그 이후로 그녀는 늘 불안과 긴장에 시달렸고 그녀 자신도 그 사실을 매우 잘 알고 있었다. 그녀가 눈에 띄게 조용한 삶을 살아온 것도 바로 그 때문이었다. 하지만 막상 그런 고통을 안겨다 준 남편이 사망했다는 소식을 듣자, 단순히 슬픔이나 놀라움으로 표현할 수 없는 충격을 받은 것이다. 그리고 그날 저녁 런던 시내에서, 그녀는 어떤 불의의 사건과 마주쳤음에 틀림없다. 피할 수 없는 사건이었을 것이다. 그녀가 집으로 돌아온 것은 아주 늦은 밤, 11시가 지난 시간이었다. 그러고는 거실에서 불안에 떨고 있던 그녀의 사촌을 만났다. 그녀는 너무 지쳐서 층계를 올라가기 전에 잠깐 쉬려고 사촌과 함께 응접실로 갔고, 사촌은 와인 한 잔을 허둥거리며 따라 줬다. 그런 후 사촌이 몸을 돌렸을 때, 우리의 가련한 친구는 자신의 몸을 의자에 앉힐 시간조차 없었다. 갑자기, 거의 들리지 않는 조그만 신음 소리를 내며, 소파 위로 나가떨어졌다. 그렇게 죽은 것이다. 대체 어떤 알려지지 않은 '사소한 문제'가 그녀의 목숨을 앗아 버린 것일까? 아니면 어떤 '놀라운 일격'이 시내에서 그녀를 기다리고 있었던 것일까? 나는 이 혼란스러운 사건의 배경이 될 수 있는 한 가지를 생각해 내고는, 곧바로 그녀의 사촌에게 털어놓았다. 그것은 바로, 나와 결혼하기로 되어 있던 신사와의 만남에 실패한 일이었다. 그녀는 5시에 초대를 받았지만 우연히 그가 멀리 떠나 있었기에 만나지 못했다고 말했다. 그러나 사촌은 내 얘기를 그녀의 죽음의 이유로 전혀 고려하지 않았다. 하지만 다른 가능성도 충분했다. 런던 거리에서는 어떤 우발적인 일도 일어날 수 있었다. 특히나 필사적으로 내달리는 마차 사고 같은 건 얼마든지 일어날 수 있었다. 대체 무슨 일을 겪은 걸까? 내 집에서 나와서 어디로 갔던 것일까? 나는 당연히 그녀가 곧바로 자신의 집으로 돌아갔을 거라고 생각했었다. 그녀의 사촌과 나는, 그녀가 가끔 마음을 진정시키고 원기를 회복하기 위해 한두 시간 정도 머무르는 '젠틀 우먼'이라는 클럽을 기억해 냈다. 나는 그 클럽으로 가서 그곳 사람들에게 자세하게 물어보겠다고 약속했다. 그리고 나서 우리는 그녀의 주검이 놓여 있는 어둠침침하고 으스스한 방으로 들어갔다. 조금 있다가 나는 그녀의 사촌에게 혼자 있게 해달라고 말한 뒤, 30분가량 그 방에 남아 있었다. 죽음이 그녀를 덮쳤지만, 그녀의 아름다움마저 빼앗아 가지는 못했다. 그녀의 침대 곁에 무릎을 꿇고 앉았을 때, 나는 죽음이 그녀를 침묵하게 만들었다는 사실을 절감했다. 내가 알고 싶은 뭔가가 자물쇠로 굳게 잠겨 버린 것 같았다.

리치먼드에서 돌아온 나는 몇 가지 볼일을 본 뒤 그의 집으로 향했다. 그것이 첫 방문이었지만, 늘 가보고 싶은 곳이었다. 스무 개의 방들을 가진 그의 집은 제지를 받지 않고 드나들 수 있었다. 층계참에서 만난 시종들이 나를 집 안으로 안내했다. 내가 들어서는 소리를 들었는지 멀리 떨어져 있는 어느 방문이 열리면서 그가 나타났다. 시종들이 떠나고 둘만 남게 되자 나는 말했다. "그녀가 죽었어요!"

"죽었다고?" 그는 이 돌연한 말에 큰 충격을 받은 것 같았지만, 죽은 여자가 누구인지 물을 필요는 없어 보였다.

"어제 저녁에 죽었어요. 저와 헤어진 뒤에."

그는 이상한 표정으로 나를 응시했다. 마치 나를 탐문하는 듯한 눈동자였다. "어젯밤, 그러니까 당신 집을 떠난 뒤라고?" 그는 얼어붙은 표정으로 내 말을 그대로 반복했다. 그러고는 여전히 같은 표정으로 말했다. "말도 안 되오! 나는 그녀를 보았소."

"뭐라고요? 그녀를 '보았다'고요?"

"그렇소. 이곳, 당신이 있는 이곳에서."

그의 말은 구렁 속으로 속절없이 빨려 들던 나를 벌떡 일으켜 세웠다. "죽음의 시간을 보았다는 말이군요. 당신이 당신의 어머니를 보았던 그때처럼."

"아니, 그때와는 달랐소. 그런 식이 아니었소!" 그는 내가 전한 소식에 동요하는 듯했다. 전날보다 훨씬 더 동요하고 있는 게 분명했다. 그 모습에 나는 두 사람이 관계를 맺고 있었을 거라는, 서로 얼굴을 대면한 적이 있었을 거라는 의심을 하지 않을 수 없었다. "난 살아 있는 그녀를 보았소. 지금 당신처럼 그녀는 살아 있었소."

잠깐, 아주 잠깐에 불과했지만, 그의 말에서 나는 몰래 안식을 얻을 수 있었다. 나는 나와 헤어진 그녀가 그에게로 가는 장면을 떠올리면서, 그녀가 보낸 시간 중에 의문으로 남아 있는 시간들이 해명될 수 있겠다는 생각을 하며 약간은 엄숙하게 물었다. "무엇 때문에 온 걸까요?"

그는 마음을 가다듬기 위해 한동안 생각에 잠겨 있었다. 흥분이 가라앉지 않은 눈은 그가 아직 자신을 추스르지 못하고 있음을 증명하고 있었다. 하지만 그는 내 말에 깃든 엄숙함을 웃음으로 날려 버리면서 대수롭지 않은 투로 말했다. "그저 날 보러 온 거요. 당신 집에서 시간을 보낸 뒤에……. 그러니까 우린, 결국엔 만나야 할 운명이었나 보오. 그녀의 마음에 충동이 일어났을 때가 절묘하게도 내 시간과 맞아떨어진 거요. 그래서 내가 그녀를 받아들인 거요."

어제 그녀가 있었던, 나는 오늘 처음 와본 그 방을 둘러보고는 말했다. "당신이 그녀를 받아들였다는 건 그녀의 표현인가요?"

"그녀는 그저 자신을 내게 보였고, 그걸로 충분했소!" 그는 기이하게 웃으며 큰 소리로 말했다.

궁금증이 점점 더 커져 갔다. "당신 말은, 그녀가 아무 말도 하지 않았다는 건가요?"

"그랬소. 단지 나를 바라보았을 뿐이오. 내가 그녀를 바라보았듯이."

"그럼 당신 역시 아무 말도 하지 않았나요?"

그는 다시 내게 고통스러운 미소를 던졌다. "난 당신을 생각하고 있었소. 아주 미묘한 상황에서 가장 멋진 방법을 사용했던 거요. 그녀 역시 나의 방법을 기쁘게 받아들였소." 그는 귀에 몹시 거슬리는 웃음을 연거푸 터뜨렸다.

"그녀는 분명히 당신을 '기쁘게' 했을 테죠!" 그러고 나서 나는 잠깐 생각했다. "그녀가 얼마나 머물렀죠?"

"어떻게 알겠소? 아마도 20분쯤, 하지만 더 짧았을지도 모르오."

"20분 동안의 침묵이라!" 내 눈에 확연히 보이기 시작했다. 이제 그걸 꽉 움켜쥘 시간이었다. "당신 말이 말도 안 되게 괴상하다는 거 아세요?"

불빛을 등진 채로 서 있던 그는 내 얘기를 듣고는 애절한 눈으로 나를 바라보며 다가왔다. "부디 내 말을 친절하게 받아 주오."

나는 그의 말대로 그 말을 친절하게 받아들였다. 하지만 그가 무척이나 어색하게 팔을 벌렸을 때 그의 뜻대로 그의 품에 안길 수는 없었다. 덕분에 아주 중요한 순간 우리들 사이에는 커다란 침묵이 불편하게 놓여 있었다.

6

그가 침묵을 깨뜨리며 말했다. "그녀가 죽은 게 정말 확실하오?"

"불행하게도 사실이에요. 그녀의 시신이 누워 있는 침대 곁에 무릎을 꿇고 앉아 있다가 돌아온 길이니까요."

그는 얼어붙은 듯 바닥을 내려다보다가 내게로 눈을 들었다. "어떤 모습이었소?"

"그녀는…… 평화로워 보였어요."

내가 그를 응시하는 동안 그는 다시 나를 외면했다. 잠시 뒤 그가 다시 물었다. "그때가 몇 시였다고 했소?"

"거의 한밤중이었어요. 집에 도착해서 쓰러졌다고 하는

데…… 그녀를 쓰러뜨린 건, 그녀도 알고 있었고 그녀의 주치의도 알고 있었던 심장병 때문이었어요. 제게는 말하지 않았지만 그 병을 고통스럽게, 꿋꿋이 버티고 있었던 거죠."

그는 내 얘기를 가만히 듣고는 1분쯤 아무 얘기도 하지 않았다. 그러다가 자신감 넘치는 소년처럼 강한 어조로 말했다. 극단적으로 단순한, 마치 글을 읽는 듯한 그의 말소리가 내 귀를 울렸다. "정말 놀라운 여인이지 않소?" 나는 굳이 대답할 필요를 느끼지 못했다. 그 말에 대한 대답은 내가 늘 해왔기 때문이었다. 그다음 순간, 그는 마치 뭔가를 간파했다는 듯 나를 흘끗 바라보더니 빠르게 말을 이었다. "그녀가 한밤중이 되기 전에 집으로 간 게 아니란 걸 당신도 이젠 쉽게 이해할 수 있을……"

나는 재빨리 그의 말을 잘랐다. "그녀를 만날 시간이 넉넉했다는 건가요? 어떻게 그렇죠? 당신은 늦게까지 제 집에 있었어요. 우리는 식사를 마친 뒤 오랫동안 많은 얘기를 나누었으니까요. 그녀는 그 시간에 '젠틀 우먼'에 있었고요. 제가 방금 거기 가서 그 사실을 확인했어요. 그녀는 거기서 차를 마셨다더군요. 긴긴 시간을 거기서 보냈던 거죠."

"거기서 긴긴 시간을 보내면서 뭘 했다고 하오?"

그는 그 문제에 대해 차근차근 도전하듯 열의를 다하고 있었다. 그가 그런 태도를 보이자 의혹은 더욱 짙어졌다. 그의 얘기는 누가 봐도 경이와 신비를 확장시키는 것에 불과했다. 그게 아니라면 두 기인에 대한 질투를 받아들이는 편이 나았다. 그는 극심한 좌절감 속에서도 자신이 그녀를 살아 있는 상태에서 보았다는 특권이 얼마나 아름다운 것인지를, 순진무구한 표정으로 내게 호소하고 있었다. 하지만 나는 여전히 의문의 연기를 피워 올리는 잿더미를 바라보며, 단지 이렇게 대답할 수 있었다. 두 사람은 유전된 기이한 재능을 공유하고 있었으며, 그에게 그의 어머니가 나타났던 것처럼 그녀가 나타난 거라고. 그녀는 그에게 왔었다. 그건 분명한 사실이었다. 그리고 그녀는 그를 흡족하게 할 만큼 매력적인 충동을 일으켰다. 하지만, 그녀의 육체는 결코 그와 함께 있지 않았다! 그것은 간단히 입증할 수 있는 사실이다. 나는 거듭 그녀가 바로 그 시간을 그 조그만 클럽에서 보냈다고 말했다. 종업원들이 그녀를 목격했다고, 그녀는 거실 난롯가에 놓인 등받이가 높은 의자에 파묻힌 채 미동도 없이 앉아 있었다고, 고개를 뒤로 젖힌 채로 선잠에 빠진 듯 눈을 감고 있었다고 했다.

"알겠소. 그런데 몇 시까지 그러고 있었다고 하오?"

"그러니까 거기서……." 나는 대답을 해야만 했다. "종업원들은 제게 많은 걸 알려 주진 못했어요. 특히나 여자 관리인은 그 클럽의 회원이나 마찬가지지만 아둔한 구석이 있어요. 사람들이 들어오고 나가는 걸 지켜보는 게 그 여자의 일인데 한동안 자기 자리를 지키지 못했던 게 분명해요. 그 여자는 혼란스러워하면서 얼버무렸죠. 그녀를 본 건 분명하지만, 몇 시까지 있었는지는 말해 주지 못했어요. 하지만 그 가련한 친구는 분명 10시 30분에 그 클럽을 떠났을 거예요."

내 말은 오히려 그에게 빌미를 제공했다. "그리고 그녀는 곧장 여기로 온 거요. 그리고 여기서 나가서 기차를 타러 갔을 거요."

"그녀는 그렇게 다급하게 뛸 수가 없는 몸이었어요." 내가 선언하듯 말했다. "그녀는 절대로 그렇게 할 수 없었어요."

"다급하게 뛸 필요는 없었다오, 내 사랑. 그녀에겐 시간이 많았으니까. 내가 당신 집에서 느지막하게 나왔다는 당신의 기억에 문제가 있는 거요. 공교롭게도 난, 보통 때와는 달리 일찍 당신 집에서 나왔더랬소. 당신은 내가 오래 머물러 있었다고 생각하지만, 내가 여기로 돌아온 건 10시경이었소."

"당신은 실내화로 갈아 신고서," 내가 맞받아쳤다. "의자에서 잠이 들었고, 아침까지 깨질 않았어요. 당신은 꿈속에서 그녀를 본 거예요!" 그는 말없이 침울한 눈빛을 보내며 화를 삭이고 있었다. 지체하지 않고 내가 말을 이었다. "특별한 시간에, 당신은 한 여자의 방문을 받았어요······. 하지만 그럴 수 있는 여자는 많아요. 그녀는 예고도 없이 나타났고, 한마디도 하지 않았고, 더구나 당신은 그녀의 사진조차 본 적이 없는데, 어떻게 당신 앞에 나타난 그녀가 지금 우리가 말하는 여자라고 확신할 수 있죠?"

"그녀가 어떻게 생겼는지는 내가 지겨울 만큼 들었잖소? 당신에게 그녀의 모든 특징들을 낱낱이 일러 주리다."

"그러지 말아요!" 그의 말에 내가 곧바로 소리를 지르며 받아치자 그가 다시 한 번 웃음을 터뜨렸다. 그의 그런 반응에 얼굴이 달아올랐지만, 나는 계속 말했다. "당신의 시종이 그녀를 안내했나요?"

"그는 없었소. 그는 자리를 비우고 싶으면 늘 그러니까. 이런 큰 집의 특징 중 하나는 남의 눈에 띄지 않고 드나들 수 있는 층계들이 있다는 건데, 우리 집 시종은 저 위층 방들을 관리하고 있는 젊은 여자와 사랑에 빠져 있고, 어제 저녁엔 제법 오래 즐기고 있었지. 그 사람은 일이 끝나면 층계참에 있는 바깥쪽 문을 통해서 나가는데, 그래서 그 문은 살짝 밀기만 하면 열리지. 그녀가 그 문으로 들어온 거요. 필요한 건 조그만 용기뿐이었을 거요."

"조그만, 이라고요? 엄청난 것이었죠! 모든 종류의 불가능한 계산이 필요했을 테니까!"

"그래, 그녀가 그걸…… 그 계산을 한 거요. 잘 들어 두오, 난 결코 부정하지 않소." 그러고는 덧붙였다. "그게 아주, 아주 대단했었다는 걸 말이오."

그의 어조에 깃든 뭔가가 내 말문을 막아 버렸다. 한참 뒤에 내가 입을 열었다. "당신이 사는 곳을 그녀가 어떻게 알게 된 거죠?"

"액자를 만들었던 가게 점원이 뒤에다 조그만 상표를 붙였는데 거기에 쓰인 내 주소를 기억해 두었을 거요."

"그녀가 어떤 옷을 입고 있었죠?"

"상복을 입고 있었소. 상장은 두드러지지 않았고, 옅은 검정 빛깔의 옷이었소. 보닛을 쓰고 있었는데 조그만 검정 깃털이 달려 있었고, 아스트라칸 모피로 만든 방한용 토시를 하고 있었소. 왼쪽 눈 가까이에……." 잠깐 머뭇거리다 그는 말을 이었다. "수직으로 된 조그만 흉터가……."

나는 그의 말을 잘라 버렸다. "그녀의 남편이 남긴 애무 자국이죠." 그러고는 덧붙였다. "정말 가까이에도 있었군요!" 이 말에 그는 대답하지 않았다. 그는 당황한 것 같았다. 나는 작별의 인사를 툭 던졌다. "그래요, 잘 있어요."

"좀 더 있지 않겠소?" 그는 다시 부드럽게 내게로 다가왔다. 내게는 견디기 힘든 시간이었다. "그녀의 방문은 아름다웠소." 그가 나를 안으며 중얼거리듯 말했다. "하지만 당신이 와준 것이 내겐 더 중요하다오."

나는 그의 키스를 받아들였지만 다시 한 번 전날 그녀가 마지막으로 내게 남겼던 키스를 떠올렸다. 그 입술에 그의 입술이 닿고 있었다. "전 살아 있으니까요, 당신도 알다시피." 내가 대답했다. "어젯밤 당신이 본 건 죽음이었어요."

"살아 있었소……. 그건 살아 있는 사람이었소!"

그는 부드러우면서도 완고하게 말했다. 마음이 풀어지는 것 같았다. 우리는 서로를 멀뚱히 바라보았다. "당신은 그 장면을…… 당신이 묘사할 수 있는 한 전부를…… 이해하기 힘든 용어로 묘사했어요. 당신이 알기도 전에 그녀가 방에 들어와 있었다?"

"난 책상 앞에서 램프를 켜놓고 편지를 쓰고 있었다오. 그 일에 몰두하고 있다가 문득 고개를 들어 보니, 그녀가 내 앞에 서 있었소."

"그래서 당신은 어떻게 했죠?"

"난 깜짝 놀라 튕기듯 몸을 일으켰다오. 그녀가 미소를 띤 채로 손가락 하나를 너무도 다정하게, 미묘하고도 우아하게, 그녀의 입술에 갖다 대었소. 조용히 하라는 뜻이었고, 이상하게도 곧 나는 그녀의 그런 행동의 의미를 이해할 수 있을 것 같았소. 어쨌든 우린, 당신에게 말했듯이 한동안 그렇게 서 있었는데, 서로 얼굴을 마주한 채로 아무것도 할 수가 없었다오. 지금 당신과 내가 마주 보고 있는 것처럼."

"우리가 지금까지 그냥 마주 보고만 있었나요?"

그는 짜증스럽게 머리를 가로저었다. "아, 물론……."

"그래요, 우린 지금까지 얘기를 나누고 있었죠."

"어쨌든, 우린…… 그렇게 서 있었소." 그는 그때를 기억하느라 정신이 없었다. "지금처럼 다정하게." 온갖 말들이 목구멍까지 차올랐지만, 나는 그들이 서로를 존경 어린 눈빛으로 바라보았을 장면을 거론하지 않고 핵심만 물었다. 내가 물은 것은 그녀를 즉각 알아보았냐는 것이었다. "바로 알아보진 못했소." 그가 대답했다. "당연히, 그녀가 올 거라고는 예상하지 못했으니까. 그녀가 떠나기 전에 그녀가…… 그녀가 누구란 걸 알 수 있었소."

나는 잠깐 생각에 잠겼다가 물었다. "어떤 식으로 떠났나요?"

"여기로 왔던 것과 똑같았소. 뒤편에 문이 열려 있었고, 거기로 나갔소."

"빠르게? 아니면 천천히?"

"꽤 빠르게. 하지만 그녀의 뒷모습은 볼 수 있었소." 그가 미소를 띠며 덧붙였다. "난 그녀가 가도록 내버려 두었소. 그녀가 그렇게 하길 원했으니까."

나는 길고 낮은 한숨을 내뱉었다. "그래요, 지금도 당신은 제가 원하는 대로 해야 해요. 제가 가도록 내버려 두세요."

그러자 그는 내게로 다시 다가와 나를 부여잡고는 내가 낯선 사람이기라도 한 듯 무척이나 정중하게 설득하려 했다. 나는 그녀를 만졌냐고 묻고 싶었지만 차마 입에서 그 말이 떨어지지 않았다. 아무 질문도 하지 않고 얼마간 의도적으로 그 혼자 떠들도록 내버려 두었다. 그건 분명 천박한 짓이었다. 그는 나를 위로하고 달래는 눈빛으로 10여 분 전에 했던 말들을 반복할 뿐이었다. 내가 늘 그렇게 말했듯이, 실제로 그녀는 아름다웠다고. 하지만 자신의 '진정한' 친구, 영원한 친구는 나라고. 그의 말을 듣고 나는 조롱하듯, 적어도 나는 살아 있어서 다행이지 않느냐고 말했다. 그 순간 내가 두려워하고 있던 자가당착의 섬광이 그에게서 뿜어져 나왔다. "젠장, 그녀는 살아 있었소! 그녀는, 그녀는 살아 있었단 말이오!"

"그녀는 죽었어요, 죽었다고요!" 지금 생각해 보면 기괴하기 이를 데 없지만, 그때의 나는 있는 힘을 다해서, 너무도 결정적으로 단언했다. 하지만 내 귓속으로 밀려들어 온 나 자신의 목소리로 인해 갑자기 공포에 휩싸였다. 온갖 감정들이 거대한 물길처럼 밀려들고 있었다. 완전히 바스러져 버린 그녀에 대한 나의 사랑과 믿음이 나를 온통 덮어 버렸다. 그와 동시에 죽음 뒤에 남겨진 그녀의 아름다움만이 외로이 내 눈앞에 떠올랐다. "그녀는 떠났어요. 우리를 영원히 떠나 버렸다고요!" 나는 울음을 터뜨렸다.

"나 역시 그렇게 느끼오." 그는 너무도 부드럽게 나를 쓸어안고는 절규하듯 말했다. "그녀는 떠났소. 영원히 우리 곁을 떠난 거요. 하지만 이제 와서 그게 무슨 상관이란 말이오?" 그가 나를 굽어보았다. 그의 얼굴이 내 얼굴에 닿았을 때, 나의 것인지 그의 것인지 알 수 없는 눈물이 흘러내리고 있었다.

7

그들이 결코 '만나지' 못했다는 건 내 생각, 내 확신, 말하자면 나의 입장이었다. 내가 그에게 그녀의 장례식에 함께 가자고 청할 수 있었던 것도 그 때문이었다. 그는 아주 정중하고도 부드럽게 그러자고 했다. 그러자 상황이 상황인 만큼, 그의 출현으로 말미암아 두 사람을 모두 알고 있는 농담을 즐기는 사람들로 인해, 그가 자신이 속한 모임에서 퇴출될 수도 있다는 생각이 들었다. 그녀가 죽은 날 저녁에 무슨 일이 일어났는지에 대한 의혹은 우리들 사이에서 얼마간 희미해져 있었지만, 그로서는 시종의 증언을 제외하고는 내놓을 수 있는 게 거의 없었다. 시종은 너무도 태평하게, 10시 무렵부터 한밤중 사이에 무려 세 명의 여자들이 그곳을 드나들었다고 말했다. 그 말은 아주 많은 것을 증언하고 있었지만, 우리에겐 세 명까지 필요치 않았다. 그는 내가 그녀가 그 시간을 어떻게 보냈는지 알아보느라 골몰하고 있다는 것을 알고 있었다. 하지만 우리 사이에 그 문제는 더 이상 입에 올려지지 않았다. 그가 내가 제시한 이유들에 굴복했기 때문이 아니라 내 기분에 맞추려고 자제한 것이었다. 그는 결코 굴복하는 사람이 아니었다. 단지 타인에게 너그러운 사람일 뿐이었다.

그는 자신의 해석을 고집하는 것을 좋아했고, 그게 그가 가진 허영심과 어울리는 태도였다. 나도 그와 비슷한 태도를 가지고 있는 사람이었지만, 그 문제에 대해서만큼은 그런 식으로 넘기지 못했다. 그리고 그건 각자의 입장이지, 누가 판단할 수 있는 문제는 아니었다. 또한 그 문제는 괴기소설에 등장하는, 그리고 지식인들의 모임에서 이야깃거리가 되는 불가사의한 사건들 중 하나일 뿐이었다. 그것이 과연 인간의 감정에 오래도록 변함없는 떨림을 가져다주는 문제인가를 생각해 보면, 다른 권선징악적인 이야기나 교훈담, 혹은 호기심을 자극하는 이야기보다 그다지 멋지지도 순수하지도, 숭고하지도 존엄하지도 않았다. 하지만 누구나 그의 입장이었다면, 그리고 나 역시 그의 입장이었다면, 그것을 아주 특별하며 선택받은 존재 사이에서 일어난 아름다운 이야기로 해석했을 것이다. 그가 그런 문제로 오래전부터 널리 알려진 인물이라는 점을 감안하면 더욱 그럴 수밖에 없었다. 그는 분명히 다른 감각을 갖고 있었다. 자신의 입장을 고수하려고, 혹은 사람들이 말하듯 관심을 집중시키려고 그러는 척하는 게 아니었다. 물론 내가 '내키는 대로' 그렇게 믿었는지는 모르겠지만. 어쩌면 그 모든 건 내가 만들어 낸 하나의 신비로운 사건일 수도 있다. 그건 분명 그의 것이 아니라 내 개인사의 한 사건, 내 의식의 한 수수께끼였기 때문이다. 그리고 결국 그는 그 문제에 대해 어떻게든 나를 편하게 하는 방식을 택한 것이었다. 어쨌든 우리 두 사람에겐 당장 닥친 일이 있었다. 결혼 준비였다.

그러나 결혼 준비로 하루하루를 보내면서 나의 의심은 완전한 확신에 이르고 있었다. 때문에 결혼을 앞둔 내 상황이 마음에 들지 않았다. 하지만 그런 나의 집착— 나는 진정으로 거기다 집착이라는 이름을 붙였고 스스로 인정했다 —으로 인해 결혼이라는 중요한 일까지 저버리지는 않으려고 했다. 하지만 할 일이 많으니 생각도 많아졌고, 결국엔 그로 인해 목전에 닥친 결혼이 심각하게 위협받는 순간이 다가오고 있었다.

지금 나는 그때의 그 모든 감정을 다시 확인하고, 느끼고, 추억에 잠긴다. 이런 반추는 끔찍하도록 공허한, 넘치도록 쓰디쓴 기쁨을 안겨다 준다. 그러나 나는 내가 아닌 다른 사람이 될 수 없으니 그때의 나를 변호해야만 한다. 다시 그런 상황에 닥친다 해도 그때와 똑같은 극심한 고통, 똑같은 날카로운 의심, 똑같이 예민한 확실성에 사로잡혔을 것이다. 지금 그걸 되짚어 나가자니 형언할 수 없는 추함과 고통 때문에 이 글을 쓰는 내 손이 멈춘다.

결혼식이 있기 한 주 전, 그러니까 그녀가 세상을 떠난 지 3주가 흐른 뒤의 일을 간략하게 적어 보도록 하겠다. 당시 나는 무언가 매우 심각한 일이 다가오고 있음을 온몸으로 깨닫고 더 늦기 전에 조치를 취해야겠다고 생각했다. 나의 사라지지 않는 질투, 그것은 메두사의 얼굴을 하고 있었다. 그것은 그녀의 죽음과 함께 죽지 못하고 생생하게 살아 있었으며, 말할 수 없는 의심들로 배를 불리고 있었다. 그때 내게 절실히 필요했던 것은 그 운명의 손아귀에서 벗어나는 일이었다. 그런 생각이 들자 – 위급한 상황이라 지체할 시간도 없었다 – 단 한 가지 생각밖에 들지 않았다. 더 이상 머뭇거리지 말아야 한다는 것, 솔직해져야 한다는 것이었다. 그런 태도가 그를 그릇된 길에서 벗어나게 해주고, 내가 처한 곤경을 피하기 위한 멋진 핑계거리도 될 것 같았다. 그래서 나는 어느 날 저녁 갑작스럽고도 흉물스럽게, 우리의 상황을 재고해야만 하며, 상황이 완전히 바뀌었음을 인식해야 한다고 그에게 털어놓았다.

그는 나를 무섭게 응시하며 말했다. "어떻게 바뀌었다는 거요?"

"다른 사람이 우리들 사이에 들어와 있어요."

그는 아주 잠깐 생각하더니 이렇게 말했다. "당신이 의미하는 그 사람이 누구인지 모르는 척하지 않겠소." 그는 나의 일탈된 행동을 연민하듯 미소를 지으며 말했다. "그 여자는 죽었고, 땅에 묻혔소!"

"그녀는 묻혔어요. 분명 죽은 사람이죠. 하지만 당신에겐 죽지 않았어요."

"그날 저녁 우리가 그녀를 두고 한 그 이상한 이야기를 다시 하자는 거요?"

"그렇지 않아요." 내가 대답했다. "전 아무것도 되새기지 않아요. 그럴 필요가 없으니까요. 제 앞에 있는 것들로 이미 충분해요."

"왜 이러오, 당신! 왜 이러는 거요?"

"당신은 완전히 변했어요."

"그 말도 안 되는 이유 때문에 그렇게 생각하는 거요?" 그가 웃으며 물었다.

"그 때문만이 아니라 그 뒤에 따라올 다른 모든 말도 안 되는 것들 때문이죠."

"대체 무슨 뜻이오?"

우리는 서로의 눈을 피하지 않고 노려보았다. 그의 눈은 어둡고 기이한 빛을 띠고 있었으며, 나의 확신은 그의 창백한 얼굴 속에서 승리를 굳히고 있었다. "정말로 무슨 뜻인지 모르시나요?" 내가 물었다.

"내 사랑, 너무도 막연하오!"

나는 잠깐 생각에 잠겼다가 입을 열었다. "그 막연함을 끝내는 것이야말로 누군가에겐 당황스러운 일이겠죠. 당신의 그 독특한 사랑법만큼이나 막연한 게 또 있을까요?"

늘 아름답게 느껴지던 그의 모호함이 다시 나타나고 있었다. "나의 독특한 사랑법이라고 했소?"

"그래요. 당신의 그 악명 높은, 그 기이한 힘 말이에요."

그는 참을성을 유지한 채 내 말을 무시하듯 과장스러운 신음을 뱉으며 어깨를 으쓱해 보였다. "나의 기이한 힘이라!"

"살아 있는 것들에 손쉽게 접근하는 당신의 그 힘." 나는 차갑게 말을 이었다. "당신의 그 주장들, 인상과 용모, 관계를 맺고 끊는 그 힘 말이에요. 그것이 당신을 흥미로운 인물로 보이게 하고 저를 놀라움에 빠뜨렸죠. 전 그런 당신을 알고 있다는 게 큰 자랑거리였어요. 그로 인해 내가 엄청나게 돋보였으니까요. 하지만 그것이 지금과 같은 방식으로 작용할 거라고는 예상하지 못했어요. 설사 알았다 하더라도 결국엔 지금과 같은 결과를 낳았겠지만."

"도대체 당신을 그토록 사로잡고 있는 게 뭐요?" 그는 호소하듯 물었다. 내가 어떻게 대답할지 궁리하며 입을 다물고 있는 사이 그가 말을 이었다. "도대체 그게 어떻게 작용하고, 어떻게 당신에게 영향력을 행사한다는 거요?"

"그녀는 5년 동안 당신과 어긋나기만 했죠." 내가 말했다. "하지만 이젠 더 이상 당신과 어긋나지 않을 거예요. 당신이 그렇게 만들었어요!"

"그게 무슨 소리요?" 그의 창백한 얼굴이 붉게 변하기 시작했다.

"당신은 그녀를 보고 있어요. 매일 밤 그녀를 보고 있다고요!" 그는 비웃듯 크게 웃어 젖혔지만 한낱 거짓 웃음에 불과했다. "지금도 그녀는 그날 밤처럼 당신에게 오고 있어요." 나는 선언하듯 말했다. 내가 치정이라는 식으로 천박하게 표현하지 않았던 건 그야말로 하늘이 도왔기 때문이다. 하지만 그 정도의 말도 그들의 '막연함'의 힘보다는 훨씬 명백했다. 그는 웃음을 거두고는 내 어리석음을 향해 박수를 쳤다. 하지만 잠깐 사이에 그는 소름 끼치는 표정으로 바뀌더니 나를 정면으로 노려보았다.

"물론 당신은 부인할 테죠. 늘 그녀를 보고 있다는 걸." 내가 말했다.

그는 언제나 어떤 치우침도 없이 친절하게 나를 위해 주는 사람이었다. 하지만 그 순간 그는 놀랍게도, 이렇게 말하는 것이었다. "만약 정말로 그렇다면, 어쩌겠소?"

"당신에겐 아주 당연한 일이겠죠. 그게 바로 놀랍도록 부러운 당신의 능력이니까요. 하지만 바로 그것이 우리를 갈라놓으리라는 것도 알고 있을 거예요. 전 아무런 조건 없이 당신을 놔주겠어요."

"날 놓아준다고?"

"나와 그녀, 둘 중에 하나를 선택하세요."

그는 굳은 표정으로 나를 보더니 말했다. "알았소." 그러더니 몇 발자국 걸음을 옮겼다. 내가 한 말이 무슨 뜻인지 알겠으니 최선의 방법을 찾아보겠다는 태도였다. 마침내 그는 다시 내게로 돌아섰다.

"어떻게 그런 나의 사적인 부분을 안 거요?"

"당신이 열심히 감추려고 했으니까요. 또한 그건 지극히 사적인 부분이니, 내가 그걸 안다고 해도 그 이유로 당신을 배반할 수는 없다고 여겼겠죠. 당신은 최선을 다해 당신의 역할을 연기했어요. 충실하고도 존경스럽게! 그래서 전 침묵 속에서 당신을 지켜보기만 했어요. 저 또한 제 역할을 연기하면서요. 전 당신의 목소리, 당신의 눈빛, 당신의 무심한 손놀림까지 다 내 마음속에 새겨 놓았어요. 그러면서 돌이킬 수 없는 순간이 될 때까지 기다렸어요. 어떻게 그걸 숨길 수 있었죠? 당신이 그녀를 끔찍하게 사랑하게 되었다는 걸, 그녀가 당신을 사랑하게 된 기쁨 때문에 죽을 만큼 아팠다는 걸 어떻게 숨길 수 있었냐고요." 그가 반박하려고 하자 나는 재빨리 다음 말을 뱉었다. "그녀도 당신을 사랑했지만, 당신은 그보다 더 그녀를 사랑했어요. 그녀는 당신을 지배하고, 당신의 전부를 가지고 있어요! 나는 그걸 직감하고, 느끼고, 보고 있어요. 나는 당신의 말을 곧이곧대로 다 믿는 바보가 아니에요. 당신은 외롭게, 후회로 가득 찬 채로, 찌꺼기처럼 남은 부드러움과 생명을 가지고서 제게로 와요. 전 당신을 포기할 순 있지만 당신을 그녀와 공유할 순 없어요. 그래서 전 그녀에게 당신을 내주어야 해요. 당신이 영원히 자유로울 수 있도록!"

그는 엄청난 변명들을 늘어놓았지만 아무것도 제대로 수습하지 못했다. 오로지 나의 비난을 조롱할 뿐이었다. 나는 그의 그 모든 언동을 기꺼이 받아들였다. 잠시라도 대수롭지 않은 척하지 않았고, 잠시라도 그와 그녀가 평범한 사람들인 척하지 않았다. 한편으론 이렇게도 생각했다. 그들이 평범한 사람들이었다면, 과연 나는 그들을 사랑할 수 있었을까? 그들은 존재의 희귀한 영역을 즐겼고, 그들만의 비행飛行을 하며 나를 떨쳐 냈다. 나는 그 희박한 공기 속에서 숨을 쉴 수 없어 즉시 나 자신으로 돌아와야만 했다. 내 명료한 자각 속에서 그들의 모든 것이 괴물스러워 보였다. 그걸 깨달은 만큼 나는 그에 합당하게 행동해야 했다. 그런 내 생각을 밖으로 내뱉자 나의 확신은 더욱 굳어졌다. 그러자 그는 이제껏 자신에게 여유를 가져다준 조롱의 구름 속으로 꼬리를 감추며 시간을 벌려 했다. 나의 신의를, 나의 분별력을, 나의 인간성마저 탓하면서. 그런 그의 태도는 당연히 우리 사이의 틈을 더욱 넓혔다. 그는 나의 잘못된 판단으로 자신이 불행해졌다며 모든 문제를 단순화시키려 했다. 결국 우리는 헤어졌고, 나는 그의 그 알 수 없는 교감❖ 속으로 그를 떠나보냈다.

내가 결혼하지 않았듯 그 역시 결혼하지 않았다. 고독과 침묵에 갇힌 채 6년의 세월이 흐른 후 그가 세상을 떠났다는 소식을 들었을 때, 나는 그의 죽음이 내 지론을 증명해 줬다며 속으로

❖ 죽은 여자의 유령과의 만남.

쾌재를 불렀다. 그의 죽음은 갑작스럽고, 적절하게 설명할 수 없는 상황에서 일어난 일이었다. 내가 그들을 갈라놓았기 때문에 일어난 일이었다! 때문에 나로 하여금 그가 끝까지 감추었던 것이 무엇이었는지를 분명하게 알 수 있게 해준 사건이었다. 그것은 그의 오랜 결핍, 채울 수 없는 욕망의 결과였다. 정확히 말하자면, 거역할 수 없는 부름에 대한 응답이었다.

노스모어 가의 굴욕

The Abasement of the Northmores

1

노스모어 경이 죽었을 때, 그 죽음에 대한 공식적인 언급은 지나치다 싶을 정도로 무겁고 어색했다. 정치권의 거물이 세상을 떠났다. 우리 시대의 큰 빛이 타오르다 말고 꺼져 버렸다. 그 저명인사의 영향력은 물론 여전히 일정 부분 작동하고 있었지만, 어느 정도는 그 끝을 예상할 수 있었다. 그럼에도 불구하고 저명인사에 대한 기사들은 그 저명함이 갖는 힘에 의해 모든 행간을 수놓았고, 죽은 자의 초상이 일간신문을 우아하게 장식했다. 그런 식으로 신문과 구독자들은 자신들의 도리를 행했다. 너무 거칠게 다루는 게 아닌가 싶기는 했지만, 기사는 대로의 운구

행렬을 깔끔하고 인상적으로 묘사하고는 다음으로 신속하게 넘어갔다. 경은 사실, 성공 외에는 거의 언급할 게 없는 사람이었다. 성공은 그의 일이고 의미였으며 그가 도달하고자 한 목표였다. 그 외에 그가 이룬 성과에 대해서는 달리 기술할 것도 없었고, 분석을 더 필요로 하는 것도 없었다. 그는 정치학과 문학을, 국가를, 나쁜 매너와 엄청나게 많은 실수를, 깡마르고 둔한 아내와 두 명의 사치스러운 아들과 네 명의 멍청한 딸을, 그가 만들어 낼 수 있었던 그 모든 것들을, 통째로 자신의 성공을 위한 대가로 지불한 사람이었다. 그의 가슴속에는 그렇게 하게 만들었던 뭔가가 깊이 내재하고 있었지만, 그것이 무엇이었는지는 그의 가장 오랜 벗이며 모든 면에서 그를 가장 잘 알고 있었던 워런 호프조차도, 숨을 거둘 때까지 찾아내지 못했다. 사실 그 비밀은 멀리 떨어져 살았던 워런 호프에게는 경쟁의 도구이자 지적인 구원으로 톡톡히 작용했었다. 그래서 그는 친구의 장례식이 있기 전날 밤, 그에 대해 일종의 깊은 찬사를 보내며 한동안 말없이 생각에 잠겨 있다가 이렇게 말한 것이었다. "빌어먹을! 당신도 알겠지만, 옛 친구를 그냥 보낼 순 없잖소. 아무래도 장례식엘 가야겠소."

호프 부인은 남편을 아무 말 없이 불안한 눈길로 바라보다가 이렇게 말했다. "견디기가 힘드네요. 당신은 지금 병중이에요. 그 사람 사정을 생각할 때가 아니라고요."

"다른 사람 장례식이라면 그런 이유가 통할 테지!"

"당신의 그 기사도 정신, 자신의 이득 따위는 고려하지 않는 그 태도가 아내의 마음을 아프게 한다는 생각은 안 해보셨나요? 당신은 그 사람을 위해 30년이나 끊임없이 스스로를 희생해 왔어요. 그게 아무리 최상의 희생이라 하더라도, 어디까지나 당신이 살아 있는 동안에나 가능한 일이죠." 그녀는 정말 참아 낼 수가 없었다. "이런 날씨에 장례식에 간다는 건, 단지 그 사람에 대한 마음의 짐을 푸는 일일 뿐이라고요!"

"여보." 호프가 대답했다. "내가 마음에 짐을 졌다는 건 당신의 기발한 상상일 뿐이오. 지나치게 날 생각해 준 거라고. 나를 위하는 당신의 그 아름다운 마음 때문이란 말이오. 날 위하는 마음, 그래, 그거지."

"그 마음이 당신을 위한다는 거 맞아요." 그녀는 선언하듯 말했다. "하지만 그 마음은 결국 그 사람에게로 돌아가겠죠."

"그 친구는 내 가장 오래된 친구잖소. 내가 엉뚱한 판단을 하는 게 아니란 말이오. 난 가야 하오. 정장을 입어야겠소. 우리들 관계가 결코 깨지지 않았다는 건 사실이잖소. 늘 함께였다는 거 말이오."

"못 말리겠네요." 그녀는 마뜩지 않은 표정을 지으며 웃었다. "그 사람은 항상 당신의 보호를 받았죠! 이젠 당신을 알아볼 수도 없게 되었지만, 당신을 가만두지 않는군요. 하기야 당신이 그 사람을 꽉 붙들고 있으니. 그 사람은 당신을 이용하기만 했어요. 마지막 한 방울까지 쥐어짰다고요. 당신의 터무니없는 이상주의와 구제불능의 겸손이 아니었다면 그처럼 우둔한 사람이 어떻게 출세할 수 있었겠어요? 그는 당신의 등을 밟고 올라선 사람이었어요. 그러고도 당신은 속없이 '세상에서 이런 능력을 본 적이 있느냐?'고 사람들에게 물어 댔죠. 최소한의 의견도 가지지 못한 멍청이 바보들에게요. 능력을 얘기하자면, 당신이 바로 그 사람의 능력이었다고요!"

"그리고 나의 능력은 당신이지, 내 사랑!" 남편은 그녀를 와락 끌어안으며 씁쓸하게 웃었다. 다음 날 그는 장례식이 거행되는, '위대한 자'의 소유지에 세워진 교회까지 '특별 열차'를 타고 내려갔다. 하지만 거대하고 기품 있는 무리들 — 생각들이 똑같고 남과 어울리기 좋아하는 군중들 — 속에서 그는 혼자였다. 그의 아내는 남편과 떨어지는 게 걱정이 되긴 했지만 그와 함께 가는 걸 원하지 않았다. 그녀는 날씨를 살피고 감기라도 걸리지 않을까 남편을 걱정하며 불편한 마음으로 시간을 보냈다. 그녀는 이 방 저 방을 거닐다가 발길을 멈추고는 어두워지기 시작하는 창밖을 내다보았다. 그러고는 남편이 돌아올 때까지 온갖 생각에 빠져들었다. 남편이 '위대한 자'가 땅에 묻히는 것을 보고 있는 동안 그녀는 홀로 그들이 말년을 보내고 있는 옹색한 집에 있었지만, 매장을 위해 파헤쳐 놓은 무덤 앞에 서 있는 거나 마찬가지였다. 그녀는 그 안으로 몸을 숙이고는 연약한 손으로, 재로 변해 버린 그들의 무거운 과거와 인생의 죽은 꿈들을 던져 넣었다. 그녀는 노스모어 경의 주검을 둘러싼 화려한 장식이 워런에게는 그 어떤 보답도 될 수 없으리란 걸 알고 있었다. 워런은 언제나 그녀가 알고 있는 가장 똑똑하고 성실한 사람이었다. 하지만 사람들의 말처럼, 피폐해진 재능과 망가진 건강, 형편없는 연금을 제외하고 쉰일곱의 그가 지금 '보여 주는 것'은 무엇이란 말인가? 몇 줄로 요약된 그의 행복한 경쟁자의 영광과는 너무도 대조적이지 않은가! 그와 그녀의 남편은 평등하게 결합한 단짝이자 행복한 라이벌 관계였다. 대학을 졸업한 후 어깨를 나란히 한 채 함께 출발한 두 남자는 적어도 피상적으로는, 미래에 대한 준비나 야망, 주어진 기회에 있어 거의 똑같은 상황이었다. 그들은 동일한 지점에서, 동일한 것들을 원하는 상태에서 시작했다. 다만 원하는 것을 실현해 내는 방식이 달랐을 뿐이었다. 그랬다. 죽은 남자는 원하는 것들을 '획득'해 냈다. 워런이 결코 가질 수 없었던 것들을 그는 귀족이라는 신분 덕에 가질 수 있었다. 그러나 그에 대한 불평은 부질없다. 지금 이 시간 그녀는 침묵하고 있었지만, 침울하고도 우울한 고독을 통해 많은 것들을 말하고 있었다. 어찌 된 일인지, 어디서부턴가 일이 잘못되었다고, 워런은 마땅히 성공해야 할 사람이었다고. 그러나 그녀를 제외하고 이 사실을 유일하게 알고 있었던 한 사람이, 이제 무덤 속으로 들어가고 있었다.

절친했던 그들 세 사람 사이에 얽혀 있던 온갖 기이한 추억들을 되새기며 그녀는 런던의 조그마한 집 잿빛 어스름 속에 앉아 있다가, 다시 자리에서 일어나 남편이 돌아오기를 기다리며 방 안을 서성거렸다. 워런은 모든 것을 알고 있었지만 그 어떤 것도 상관하지 않았다. 그것이야말로 상대를 편안하게 해주는 - 거의 무심에 가까운 - 그의 힘이었다. 존 노스모어도 그런 그의 힘을 분명 알고 있었다. 오래전, 그가 그녀에게 직접 그렇게 말한 적도 있었다. 이런 식으로 추측할 수 있는 것이 또 하나 있었다. 그녀는 과거로 돌아가 추억에 잠겼다. 그녀의 머릿속으로 그때의 모든 광경들이 차곡차곡 들어차고 있었다. 그녀는 존 노스모어가 사귄 첫 여자였다. 그가 얼마나 그녀와 결혼하고 싶어 했는지는 지금도 그녀가 간직하고 있는 두툼한 연애편지 뭉치가 말해주고 있다. 그런 그가 워런 호프를 그녀에게 소개해 주었다. 지극히 우연이었다. 그들이 변호사 사무실에 함께 근무하고 있던 때였으므로, 너무도 자연스러운 일이었다. 그것이 그들을 위해 존 노스모어가 유일하게 '해준' 일이었다. 그런데 이제 와서 다시 생각해 보니, 어쩌면 노스모어가 자신의 짐을 덜기 위해 숙고 끝에 내린 결정이 아니었나 싶었다. 그녀가 워런을 받아들인 것은 6개월 뒤였다. 그녀는 워런의 미래를 믿었고, 그렇게 되자 노스모어는 그녀를 떠날 수 있었다. 당시에는 나중에 존 노스모어가 자신을 '팔아 치웠다'는 느낌을 가지게 될 거라고는 추호도 생각할 수 없었다. 그리고 하느님이 보우하사, 이후 그녀가 그 앞에 모습을 드러낼 일은 일어나지 않았다.

그녀의 남편은 몸이 꽁꽁 언 채로 집으로 돌아왔다. 그녀는 곧바로 그를 침대에 뉘었다. 그 후 일주일 동안 그녀는 그의 곁을 떠나지 않았고, 그들은 서로를 깊이 응시했다. '제가 뭐라고 그랬어요!'라는 말이 수없이 그녀의 입안에서 맴돌았다. 그의 죽은 후원자가 그에게 아무런 이득도 가져다주지 않았다는 것은 그다지 놀라운 일은 아니었다. 이득은커녕 결국 그는 자신의 생명을 대가로 지불하게 되는 터무니없는 처지에 몰리고 말았다. 이렇게 되리라는 것을 그녀는 처음부터 알고 있었다. 장례식에 다녀온 지 일주일이 지나 남편은 객혈을 시작했고, 그다음 날엔 전날과는 비교할 수 없을 정도로 증세가 위중해졌다. 그로부터 열흘 뒤, 워런 호프는 마침내 무릎을 꿇고 말았다. 그녀는 그가 항복하고 있음을 느꼈다. 그는 그 고통 속에서도 무심의 극치를 보이며, 그녀를 사랑해 온 방식 그대로 부드럽고도 거룩하게 무너져 내렸다. "당신은 또 타인을 편안하게 해주는 힘을 보여 주네요!" 이 단순하고도 은밀한 문장만큼 남편에 대한 그녀의 사랑을 표현해 주는 것은 없었다. 그는 너무도 자존심 강하고 멋있고 유연한 사람이라서, 그에게는 사소한 실패조차 큰 실패나 매한가지였다. 그래서 그는 어떤 우화처럼, 도끼머리를 잃자 수문을 활짝 열어젖히고는 남겨진 도끼 자루마저 저수지로 던져 버렸던 것이다. 그는 이 탐욕스러운 세계가 자신을 앗아 가는 장면을 즐기며 바라보고 있었다. 그렇게, 세계는 남김없이 가져가 버렸다.

2

그는 떠났고, 그의 이름은 물 위에 쓴 것처럼 사라져 버렸다. 그가 그녀에게 남겨 놓은 것은 무엇일까? 잿빛 적막과 고독한 경건, 고통스럽게 흔들리는 저항감뿐이었다. 사람은 죽으면 종종 살아 있는 동안 하지 못했던 무언가를 하곤 한다. 그래서 사람들은 오래지 않아 이렇게 저렇게 그를 새롭게 발견하고는 그에게 새로운 이름을 붙여 주어 그들의 깃발 아래로 끌어들인다. 하지만 세상을 떠난 워런 호프에게 세상의 이런 이법이 관여하는 속도는 한없이 더뎠다. 그가 그저 세상에 알려진 상식 수준에서 사람들의 입에 오르내릴 뿐이라는 사실이, 그녀의 마음을 아프게 했다. 물론 남편은 살아 있는 동안 사적인 관계들을 잘 유지해 온 덕에 세상을 떠나자 애도의 편지들이 섭섭하지 않을 만큼 도착했고 언론들도 많은 기사를 실었지만, 그 내용은 바보스럽기 짝이 없었다. '배운' 사람이건 아니건 그가 속해 있던 서너 개 모임의 회원들이 그의 죽음 앞에 바친 유감과 애도로 점철된 조사와 그의 가장 절친했던 서너 명의 동료들이 더듬거리며 늘어놓은 그에 대한 찬사조차 그녀에게는 과장되게만 느껴졌다. 권력 상층부의 두어 명은 그녀를 만족스럽게 하고도 남을 만큼의 유감으로 도배된, 그녀가 아니라면 이해할 수 없는 암시들로 가득 찬 서한을 보내 왔다. 그런 일련의 과정들을 통해, 사람들이 남편의 진가를 제대로 알아보지 못한다는 사실을 그녀는 참아 낼 수 있었다. 그러나 그가 이류 명사로 취급된다는 사실은 여전히 견딜 수 없었다. 그는 경제학과 정치학에서, 역사철학에서, 가치를 매기기 힘들 만큼 뛰어난 천재였다. 그게 아니라면 그는 아무것도 아니었다. 그는 정말이지 한 사람의 '중요한 인물'이었다. 그럼에도 불구하고 노스모어 경을 덮친 망각의 물길은 고스란히 남편에게도 덮쳤다. 시간이 흐를수록 그녀는 그런 현실을 더욱 받아들이기 힘들었다. 그 저명인사의 존재 역시 장례식이 치러진 주중에 사흘 동안 열린 자선 바자회가 끝나자, 말끔하게 치워진 진열대와 부스처럼 깨끗이 쓸려 나갔다. 쓰레기통으로 던져진 구겨진 종이처럼 지체 없이 바닥으로 곤두박질친 것이었다. 그런데 둘에게는 어떤 차이가 있었을까? 결말은 서로가 비슷했다. 그러나 워런에게 있어 그것은 시작에 불과했다.

남편이 죽고 첫 6개월 동안 그녀는 자신이 뭘 할 수 있을지 알지 못했다. 그녀에게 소중한 뭔가를 바다로 떠내려 보내는 어떤 빠른 물살을 느꼈을 때, 그녀는 그것이 자신의 시야에서 사라지지 않도록 본능적으로 그 흐름과 보조를 맞추며 둑 위를 달렸다. 손을 뻗으면 그것을 건져 낼 수 있는 지점에 도달하기 위해 그녀는 멈추지 않고 나아갔지만, 그것은 여전히 물 위에 떠 있기만 했다. 흐름이 길어 시야에 둘 수는 있었지만, 결코 건져 낼 수는 없었던 것이다. 그녀는 엄청난 두려움 속에서 내달리고, 관찰하며 삶을 이어 나갔다. 그렇게 바다와의 거리를 좁혔다고 생각했을 때, 갑자기 해류가 눈에 띄게 불어났다. 마침내 그녀는 무슨 일이든 해야 하는 다급한 상황에 놓여 있음을 직감했다. 그 순간 그녀는 남편의 원고들 속으로 달려갔다. 책상 서랍들을 뒤지기 시작했다. 그런 일이라도 해야만 했다. 하지만 쉬운 일도 아니었고, 상황도 단순하지 않았다. 그녀는 미로에서 길을 잃어버렸고, 자신의 능력에 의문도 들었다. 두세 명의 친구들에게 조언을 부탁했지만 그들은 그녀를 뜨뜻미지근하게, 심지어 차갑게 대했다. 남편이 쓴 서너 권의 중요한 책들을 세상에 내놓았던 출판업자들조차 그의 유작을 출간하려는 뜻은 전혀 보이지 않았다. 이제 남은 거라곤 서너 권의 그 중요한 책들이 어떻게 해서 그렇게 전혀 '힘을 발휘할 수 없게 되어 버렸는지'를 이해하는 일뿐이었다. 그러나 남편은 생전에도 그녀를 힘겹게 할 만한 일들을 드러내지 않았듯이, 그 이유 역시 그녀의 눈에 띄지 않게 숨겨 놓은 것 같았다. 그가 남겨 놓은 기록과 메모들을 다루는 것은, 황량한 사막의 굽이마다 찍힌 그의 양심적인 영혼의 발자국에 도달하는 일이었다. 하지만 그녀는 혼자 힘으로, 스스로를 구원하기 위해서, 그의 뒤를 좇아 진실을 찾아내야만 했다. 위축과 방해에 의해, 그의 작업은 완성본의 형태를 갖추고 있지 못하고 있었다. 원고들은 낱낱이 흩어져 있을 뿐이었다. 이런 상황에 이르자 그녀는 그를 포기할 수밖에 없었고, 그는 다시금 그녀를 위해 죽어야 했다.

    시간은 시간 위에 쌓이고, 쓰라린 감정의 농도 역시 짙어져 갔다. 그 무렵, 그녀는 노스모어 부인으로부터 한 통의 편지를 받았다. 고인이 된 경이 쓴 방대한 양의 흥미로운 편지들을 모아 책으로 출간하려 한다며, 경이 워런에게 보낸 서한들을 보내 준다면 출간에 큰 도움이 될 거라고 했다. 그녀가 보기엔 그건 단순한 서한집 발간 이상의 뜻을, 그러니까 새로운 출발의 의미를 담고 있었다. 경의 위대함을 찬양하는 장편 코미디가 아직 끝나지 않았다는 말인가? 그렇게 기념비를 세우려는 것은 결국, 패배한 친구는 도저히 그런 일을 할 수 없다는 걸 되새기게 만들지 않는가? 또한 비교와 대조를 통해 경의 비위를 상하게 할 만한 것들을 추려 낸 후 모든 것을 새롭게 만들어 버리겠다는 수작 아닌가? 결국 경만을 돋보이게 하고 다른 모든 이들은 어두운 그늘 속에 묻어 버리려는……. 편지라고? 존 노스모어가 쓴 거라고는 고작해야 서너 줄짜리 보잘것없는 의견들이지 않았나? 대체 누구의 생각을 출판한다는 거지? 어떤 얼빠진 편집자가 뒤를 봐주고 있단 말인가? 그녀는 물론 아는 게 아무것도 없었지만, 현실에서 일어나고 있는 사실에 놀라움을 금치 못했다. 생각해 보면, 편집자들과 출판업자들의 관심이 온통 거기에 쏠렸을 거라는 짐작이 가기는 했다. 그의 광휘는 여전히 위력을 뿜고 있었다. 때문에 그가 살아서 그랬던 것처럼 그의 편지들은 그들에게 관심거리일 것이다. 사실 늘 그래 오지 않았던가? 그리고 그들은 엄청난 성공을 거두게 될 것이다. 그녀는 남편이 남겨 놓은 다채롭고도 혼란스런 유물에 대해 다시금 생각했다. 그것은 여태까지 그랬듯이 지금도 그렇게 놓여 있을 수밖에 없는 한 덩어리의 푸석한 대리석이었다. 수없이 깊은 한숨을 내쉰 뒤, 그녀는 노스모어 부인의 편지를 다시 읽기 시작했다.

보관이 되어 있는지 알 수는 없었지만, 노스모어 경이 워런에게 보냈다는 편지들은 그녀의 눈에 띄지 않았다. 반면 경이 자신에게 보냈던 편지들은 안전한 곳에 잘 보관되어 있었다. 하지만 노스모어 부인이 보낸 서한에는 그 편지들에 대한 언급은 전혀 없었다. 그것들이 존재한다는 사실 자체를 모르는 것 같았다. 그 편지들은 분명 위대한 자— 그렇게 부를 수밖에 없다니! —가 위대해지기 이전에 속하는 것이었다. 빛바랜 두툼한 편지 뭉치는 오랜 세월 묻혀 있던 그곳에 여전히 묻혀 있었다. 그녀는 무엇 때문에 그 편지들을 보관하고 있었는지 스스로에게도 설명할 수 없었다. 그 편지 얘기를 워런에게 하지 못했던 것도 그 때문이었다. 워런에게 하지 못한 말을 노스모어 부인에게 할 이유는 없었다. 기이한 것은, 그 편지들을 간직해 온 게 단지 우연은 아닌 것처럼 느껴진다는 사실이었다. 살아오면서 그녀는 본능이나 속셈 따위를 완전히 무시하지는 않았다. 미약하게나마 거기에 따랐던 게 사실이었다. 그렇다면 이건 어떤 본능, 무슨 속셈이었을까? 어쩌면 단순히 작은 문집 하나쯤 만들어 보겠다는 심산이었는지도 몰랐다. 그게 아니라면 대체 누굴 위해, 이런 '행운'이 일어난 것일까? 비록 누구도 그 편지에 관심을 기울이지도 않고 읽으려 하지도 않았지만, 그녀만큼은 뭔가를 기대하고 있었는지도 몰랐다. 하지만 그녀는 어떤 일이 있더라도 그것들을 만지지도 읽지도 않을 거라고 생각했다.

아직 그녀는 노스모어가 워런에게 보냈다는 편지들을 꼼꼼하게 찾아보지는 않은 상태였다. 그녀는 그 내용이 궁금했다. 남편이 그 편지들을 보관하고 있었다면 뭔가 이유가 있을 터였다. 그녀였다고 해도 적잖은 이유가 있었을 것이다. 경의 서간체가 마음에 들어 쓰레기통이나 불길 속으로 던지지 않았을지도 몰랐다. 물론 워런의 삶은 그야말로 온갖 문서 더미 속에 파묻힌 인생이었고, 그런 의미에서 그는 동시대 역사의 위대한 공헌자였다. 그럼에도 불구하고, 어쩌면 오히려 그 때문에, 그는 많은 것들을 보관하지 않으려 했을지도 몰랐다. 그녀는 찬장과 상자들, 서랍들을 뒤지기 시작했다. 그러면서 남편이 자신에게 숨겼던 것과 숨기지 않았던 것들 모두에 놀라움을 금치 못했다. 그녀가 남편에게 쓴 편지들이 거기 있었다. 몇몇 개는 없었지만, 거의 모든 편지가 남겨져 있었다. 편지지 위를 스치는 손가락이 만나는 것들은 모두 그녀가 알고 있는 내용이었고, 그녀는 그 속에서 행복을 느꼈다. 그들이 주고받았던 편지들은 그렇게 온전하게 남아 있었다. 한편 노스모어 경의 편지들도 점점 모습을 드러내기 시작했다. 그러자 남편이 경으로부터 받은 모든 편지들을 보관했을 거라는 확신이 들었다. 또한 왜 그런지는 모르겠지만, 자신이 남편에게 소홀했다는 자책감도 들었다. 그런 후 그녀는 노스모어 부인에게 아무것도 찾을 수 없었다는 답장을 썼다.

사실, 그녀는 모든 편지들을 찾은 상태였다. 성실하게 마지막 하나까지 다 찾아냈다. 탁자 위에는 그녀의 탐색의 결실들이 수북이 쌓여 있었다. 대략적으로나마 분류까지 되어 있었다. 그녀는 그 편지들을 저 우수한 전통을 가진 가문에 고스란히 보내 버릴 수도 있었다. 하지만 단 한 통도 허투루 넘기지 않겠다고 스스로에게 다짐했다. 피곤과 짜증이 머리끝까지 뻗친 상태였지만, 그녀는 자신이 계획했던 것과는 사뭇 다른 새로운 답장을 준비하고 있었다. 그러는 게 옳을 것 같았다. 하지만 자신이 찾아낸 편지 뭉치와 마주한 그녀는 그렇게 쓸 수 없을 거라는 사실을 깨달았다. 탁자 위에 쌓인 편지 더미를 더 이상 그냥 바라보고 있을 수가 없어서 곧 방을 나섰다. 늦은 저녁 침대에 들기 직전 그녀는 다시 편지를 쌓아 놓은 곳으로 돌아왔는데, 그 행동은 마치 그날 오후부터 줄곧 일어나고 있던 혐오감을 제어해 줄 뭔가를 찾고 있는 것 같았다. 혹시 편지를 발견한 것이 거짓이었다는 마술 같은 일이 벌어져 있는 건 아닐까? 편지들이 사라져 버렸거나 다른 누군가에게로 가버렸기를 은근히 바랐다. 하지만 편지들은 거기에 있었고, 촛불을 켜자 탁자 위에서 오만한 자태를 드러냈다. 그로부터 한 시간 동안 불쌍한 여인은 깊은 고뇌 속으로 잠겨 들었다.

   모호하고, 불합리했다. 그러나 한순간 모든 것이 확연해졌다. 그녀는 탁자 위에 몸을 웅크린 채 거침없이 써 내려갔다. '친애하는 노스모어 부인, 샅샅이 찾아보았지만 아무것도 발견하지 못했습니다. 제 남편이 죽기 전에 모두 없앤 모양입니다. 도움이 되기를 바랐지만, 죄송하게 되었습니다. 진심을 보내며.' 날이 밝으면 그녀는 은밀하고도 결연히 그 편지 뭉치를 없애려고 생각했다. 그러기 전에 아무도 이 문제에 대해 거론하지 못하도록 몇 마디의 말로 분명히 못 박아 둘 필요가 있었던 것이다. 그렇게 해서라도 불쌍한 워런을 조금이나마 덜 이용당하게, 덜 바보로 만들어야 한다는 게 그녀가 바란 전부였다. 아마도 그 생각이 그녀의 마음을 편하게 만들어 주었을 것이었다. 하지만 또 다른 현실적인 유혹이 손을 뻗고 있었다. 얼마큼의 시간이 흐른 후, 그녀는 새로 쓴 편지를 바라보며 밤이 깊도록 자리에 앉아 있었다. '친애하는 노스모어 부인, 엄청난 것을 발견했다고 말씀드리게 되어 기쁩니다. 제 남편이 모든 서신들을 주의 깊게 간수하고 있었습니다. 제가 가진 이 서신들을 자유롭게 사용하시기 바랍니다. 부인의 작업에 도움을 주게 되어 무척 기분이 좋습니다. 진심을 보내며.'
그녀는 그 편지를 들고 가장 가까운 우체통으로 향했다. 다음 날 정오 무렵, 그녀의 탁자는 깨끗하게 비워졌다. 노스모어 경의 편지들을 커다란 칠기 상자에 담아 믿음직한 시종 집사와 함께 사륜마차에 태워 보낸 것이었다.

3

그 후 12개월 동안, 그녀는 노스모어 경의 서간집 출간에 대한 발표와 암시를 사방에서 빈번하게 들을 수 있었다. 물론 그 소식은 그녀에게는 아무 의미가 없었다. 서간집을 발간하겠다는 노스모어 부인의 계획을 그녀가 처음 들었을 때, 그 소식은 모든 신문에 실려 각광을 받았고, 노스모어의 편지를 보유하고 있던 사람들은 앞다투어 자신들의 편지를 노스모어 가로 보냈다. 노스모어 가 사람들이 그에 상응하는 보상을 한다는 사실이 알려지자 작업은 급속도로 진행되었다. 수집된 자료들은 그 안에 실제 담겨 있는 내용보다 훨씬 많은 것들을 드러내 주고 있었다. 출간이 임박해지면서 자료에 대한 검증 과정이 자연스럽게 흥미를 끌었는데, 그 내용들을 미리 살펴볼 수 있었던 사람들은 그 책이 대중들에게 전대미문의 사건이 되리라는 것을 의심하지 않았다. 그들은 그 책을 통해 알려지지 않았던 작가의 지성과 경력이 밝혀지리라고 장담했다. 노스모어 부인은 과분한 호의에 빚을 졌고 계속 성원해 달라고 부탁하면서, 특정한 날짜와 관련된 나머지 '묻혀 있는 보물'들에 대한 보상을 약속하기도 했다.

 시간이 갈수록 호프 부인의 주변에는 사람들이 줄어들었다. 그러나 그녀의 관계망이 그리 좁지는 않아서 이런저런 사람들로부터 '제안을 받았다'는 얘기를 전해 들을 수 있었다. 런던에서 오가는 대화는 한동안 죄다 다음과 같은 질문과 대답들로 국한되어 있다시피 했다. "요청을 받았나요?" "오, 물론이죠. 여러 달 전부터 꽤나 자주요. 당신은요?" 어디나 사정은 비슷한 모양이었다. 놀라운 것은, 요청이 곧바로 응답으로 이어졌다는 사실이다. 노스모어 경과 조금이라도 관련된 편지는 무조건 흘러나왔다. 그렇게 쌓인 것이 수만 통에 이르렀다. 그런 식이라면 열 권도 모자랄 것 같았다. 호프 부인은 그 시간 동안 많은 생각을 했지만, 생각 말고는 아무것도 한 게 없었다. 생각하면 할수록 남는 건 오직 의심뿐이었고 결국 그녀는 자신이 실수를 범했음을 인정할 수밖에 없었다. 자신이 결국 죽은 자의 위대한 명성을 지켜 내는 일에 기여했을 뿐이라는 결론에. 물론 그것은 그의 책임이 아니라 오류를 범하기 쉬운 인간이라는 짐을 진 그녀 자신의 잘못이었다. 그가 거물이었을 당시의 편지들은 그를 기념비처럼 돋보이게 할 터였다. 그녀는 자신이 묶어 놓은 편지들❖을 맥없이 바라보고 있었지만 무언가를 각오하고 있었다. 거기에는 눈 감아 버릴 수 없는, 워런의 또렷한 증언이 담겨 있었다. 거기에는 그만의 태도와 판단이 들어 있었다. 그녀는 그제야, 자신이 남편의 삶을 떠들어 대던 수다쟁이들에게 휘둘렸다는 사실을 깨닫고 후회의 한숨을 내쉬었다.

그녀는 어떤 강박관념에 의해 옴짝도 할 수 없는 지경에 이르러 있었다. 노스모어 부인이 출간할 책의 윤곽이 드러나기 시작했을 때는 ─ 3월로 확정 발표가 되었고, 아직 1월이었다 ─ 맥박이 너무도 빠르게 뛰어서 긴긴 밤을 뜬눈으로 누워 있어야만 했다. 수많은 불면의 밤을 지내던 어느 날, 차가운 어둠 속에서 불현듯 자신을 위축시키지 않는 유일한 생각 하나를 떠올렸다. 새롭게 솟아오르는 행복감으로 그녀는 침대 밖으로 튀어나왔다. 마음이 조급해져 가만히 있을 수가 없었다. 자신의 생각을 행동으로 옮기기 위해 동이 틀 때까지 기다려야 한다는 게 힘이 들 정도였다. 그녀가 생각한 것은, 지금 당장 자신의 '영웅'의 편지를 그러모아 세상에 내놓겠다는 것이었다. 물론 남편의 편지들이 출간되려면 신의 가호가 필요할지도 모르지만, 왜 이제껏 그

❖ 워런 호프가 결혼하기 전의 호프 부인에게 보냈던 편지들을 가리킨다.

런 생각을 하지 못했던 것일까? 그녀는 그 긴긴 밤이 지나가기를 기다렸다. 눈물로 짓무른 눈과 부당함으로 짓눌린 가슴이 쉽게 회복되지는 못하겠지만, 그녀는 이미 치유된 것이나 마찬가지라고 생각했다. 자신의 잘못을 인정하는 건 무척이나 거북했지만, 그에 대해 침묵하는 것도 분명 잘못이었다. 그러자 당장에 위안이 '강림' 하기 시작했다. 이제 곧 노스모어와 워런 호프 사이의 균형이 맞추어질 것이었다. 그녀는 그 하루를 온전히 남편이 자신에게 보낸 편지들을 읽으면서 보냈다. 그 편지의 내용은 너무도 은밀하고 성스러워서 – 오, 불운한 운명이여! – 자신의 계획을 실행하기가 불가능해 보이기도 했지만, 그럼에도 불구하고 세차게 불어온 바람을 품은 돛이 그녀의 생각을 나아가게 했다. 남편과 그녀 사이에 편지는 그다지 자주 오가지도 않았고 오랜 기간 주고받은 것도 아니었기에, 그녀는 남편이 좋은 편지 상대자라고 생각해 본 적이 없었다. 그러나 그녀에게 남겨진 그의 유일한 유물이라고 할 만한 그것들은 – 세어 보니 깜짝 놀랄 정도로 여러 통이었다 – 아무나 흉내 낼 수 없는 그만의 능력을 명백히 증언하고 있었다.

 그는 여유롭고도 가벼운 손을 자유자재로 놀리며 자연스럽고 기지 넘치며 다채롭고 생동감 있는 필치로 써 내려가는 한 사람의 – 이런 표현이 가능하다면 – 편지 대서인*이었다. 거기에는 그가 가진 사람을 편하게 하는 힘이 고스란히 담겨 있었다. 바로 그것이 워런이라는 사람을 되살리고 있었다. 물론 가장 뛰어난 편지는 약혼 기간에 주고받은, 풍부하면서도 정돈된 감정이 담겨 있는 편지들이었다. 거기에는 결혼에 대한 여러 고민들과 그들이 겪은 오랜 시련에 대한 증언들이 고스란히 담겨 있었다. 또한 그들의 판단과 습관과 취향이 들어 있었다. 그 편지들을 거리낌 없이 세상에 내놓을 수만 있다면! 하지만 출판하기엔 너무 은밀한 내용들이었고, 그렇다고 그저 묻히기엔 너무도 진귀한 내용들이었다. '혹시 내가 죽은 뒤라면……!' 그런 생각이 들면서 이쯤에서 그만두어야 할 것 같다는 생각이 들 정도였다. 하지만 그녀 자신을 위해, 그리고 그녀의 보물들을 위해, 포기하지 않기로 스스로에게 약속했다. 이대로 세상을 떠나 버린다면 그녀가 간구하던 정의는 텅 빈 들녘에 외로이 남겨질 뿐이었다. 그녀는 조급해졌다. 하지만 분명한 것은 그녀의 엄청난 자원이 친구들에게도 있을 거라는 사실이었다. 그는 수년 동안 여러 사람에게 편지를 보냈었고, 최근에 그녀가 한 조사로 미루어 보건대 전혀 알려지지 않은 수많은 편지의 주인들이 있는 게 분명했다. 그녀는 그들의 명단을 작성해 즉시 그들에게 서한을 보냈다. 이미 세상을 떠난 사람들의 경우엔 그 미망인이나 자녀, 혹은 대리인에

❖ 문맹자가 현저히 줄어든 20세기 중후반까지 존재했던 직업으로, 특히 서간문이 문학의 한 장르로 자리 잡았던 서양에서는 단순한 대서인을 넘어서서 문학적 성취까지 이루어 내는 경우도 있었다.

게 편지를 띄웠다. 이 과정에서 그녀는 노스모어 부인에게 실례를 범하지 않도록 신경을 썼다. 어떤 식으로든 이 일은 노스모어 부인을 자극할 것이기 때문이었다. 하지만 기이하게도 크게 신경 쓰이진 않았다.

그녀는 답장이 오기를 기다렸다. 그리 오래 기다릴 필요도 없이 고대하던 답장이 도착했다. '친애하는 호프 부인, 면밀히 살펴보았지만 아무것도 발견할 수가 없었습니다. 제 남편은 죽기 전에 모든 것을 없애 버린 듯합니다. 죄송하군요. 도움이 되어 드리려고 했는데 말이죠. 진심을 보내며.' 바로 노스모어 부인이 보낸 편지로, 거기엔 자신이 그녀에게서 받은 도움에 대해선 감사는커녕 어떤 언질도 없었다. 그녀는 자신이 부칠 수 없었던 편지와 노스모어 부인의 편지 내용이 너무도 일치한다는 사실에 경악하며, 밀려드는 후회를 주체할 수 없었다. 지옥과도 같은 시간 속에서 몇 번이나 써야 한다고 생각하고 생각했던 그 답장을, 그녀 자신이 고스란히 되돌려 받은 것이었다. 하지만 그것으로 끝이 아니었다. 모든 사람들로부터 그와 비슷한 편지들이 매일매일 그녀에게로 날아들었다. 하루하루 쌓여 가는 서너 줄짜리의 유감의 표시들은 경악과 후회를 더욱 깊게 만들 뿐이었다. 편지를 찾아보았지만 허사였다며, 노스모어 부인처럼 유감스럽다는 소리만 늘어놓았다. 몇 통이라도 찾았다는 사람은 아무도 없었다. 그 어느 것도, 아무것도 없다고 했다. 거의 대부분의 사람들이 지체 없이 그런 답신을 보냈다. 그런 일이 한 달 동안 지속된 끝에 마침내 그 불쌍한 여인은 서늘한 가슴으로 자신의 상황을 받아들이며 벽을 향해 얼굴을 돌렸다. 그녀는 어떤 소리에도 귀 기울이지 못한 채, 단지 스스로의 상처를 달래고 위로하며 며칠을 보냈다. 너무도 무방비한 상태에서 입은 상처라 전보다 더욱 고통스러웠다. 서한집 발간이라는 치유의 방법이 그녀의 귀에 속삭이지던 그 순간부터, 그녀는 단 한순간도 그 계획이 실패할 거라고 의심해 본 적이 없었고, 그 시간은 너무도 아름다웠기 때문이다. 하지만 그 고통보다 더 기이하게 느껴지는 건 웃기게 돌아가는 세상의 이치였다. 존 노스모어의 편지들은 후세들을 위해 분류되어 연표로 작성되고 있는데, 워런 호프의 편지들은 불길 속으로 던져져 버렸다니! 단 하나의 잣대만 남아 그것이 다른 모든 입과 귀를 막아 버린 꼴이었다. 할 수 있는 건 아무것도 없었다. 보이는 건 모두 뒤집어져 있었다. 존 노스모어는 영원히 죽지 않았고, 워런 호프는 지옥으로 떨어져 버렸다. 그리고 혼자 힘으로 뭔가를 해보려던 그녀도 끝이 났다. 그녀는 혹독하게 매를 맞았고, 결국 맥없이 소리를 죽이고는 아무 생각도 하지 못한 채 야위어 갔다. 그러고는 마침내 베일을 쓴 자신의 머리를 돌리게 만드는 엄청난 굉음을 들었다. 노스모어 부인의 책이 발행되었다는 기사였다.

4

그것은 정말이지 굉음이었다. 그날 모든 신문들이 노스모어 경 서한집의 출간 소식을 유난히 큰 소리로 떠들어 댔다. 문턱에서 신문을 펼쳐 든 구독자들은 그 책이 인용문으로 넘치는 서평 기사뿐 아니라 신문의 모든 기사를 장식하고 있음을 알 수 있었다. 그 열기가 어느 정도인지는 두세 장을 넘기는 것으로도 충분했다. 호프 부인은 아침을 먹으며 습관적으로 신문을 읽다가, 하녀에게 다른 신문들도 사오라고 했다. 그러나 신문을 계속 읽기에는 주의력이 너무도 흐트러져 있었다. 그녀는 그날 아침 노스모어 가 사람들이 느꼈을 긍지와 자신의 굴욕감의 극명한 차이를 정면으로 바라볼 수 없었다. 그 신문들이 날카롭게 자신을 파고드는 듯해서 아무렇게나 집어던져 버리고는 일찌감치 집을 나섰다. 그러고는 뛰쳐나온 적절한 구실을 찾아야 했다. 마치 완전히 비우도록 명령받은 한 개의 잔을 가진 기분이었다. 하지만 할 수 있는 거라곤 호된 시련의 시간을 조금 늦추는 것뿐이었고, 간신히 자신의 시간들을 채워 나갔다. 가게에 들러 소용도 없는 물건들을 사기도 하고, 별로 좋아하지 않는 친구들을 찾아가기도 했다. 그 일을 화제로 꺼내지 않을 만한, 남편의 이력을 잘 모르는 친구의 집들을 골라야만 했던 것이다. 지난번 자신이 보낸 편지에 끔찍한 답변을 보내 왔던 사람들과는 얘기를 나눌 생각이 눈곱만큼도 없었다. 거기에 속하지 않는 사람들은 노스모어 부인의 서간집에 대해 별다른 생각을 가지지 않아서, 동정을 하더라도 에둘러 하는 사람들이었다. 그녀는 페이스트리 가게에서 점심을 먹고는 차를 마시며 늦게까지 밖에 있었는데, 집으로 돌아왔을 땐 3월의 어둠이 짙게 깔려 있었다. 맨 먼저 그녀의 눈길을 잡아끈 것은 거실의 불빛에 드러난 탁자 위에 놓인 깔끔하게 포장된 커다란 꾸러미였다. 가까이 가지 않고도 그것이 노스모어 부인이 보낸 책이라는 걸 직감했다. 그녀가 집을 나가고 난 뒤에 도착했을 것이었다. 집을 나가지 않았더라면, 하루 종일 그 책과 씨름을 했을 게 틀림없었다. 자신이 왜 동물적인 본능으로 집 밖으로 탈출했는지 그제야 알 수 있었다. 지극히 가벼운 일상의 도움을 받아 오늘 낮을 무심히 지낼 수 있었지만, 이제는 자신에게 닥친 결과를 의연히 받아들여야 할 때였다.

저녁을 먹은 뒤 그녀는 조그마한 응접실로 들어가 문을 닫은 채, 정의로운 고위 공직자의 공적이며 사적인 서간집 어쩌고 하는, 근사한 자주색 표지에 커다란 장식용 쇠붙이가 달린 두 권의 책과 마주했다. 펼치는 곳마다 다양한 초상화들이 박혀 있었다. 그가 그렇게 끊임없이 '등장'할 줄은 예상하지 못했는데, 묘사될 수 있는 모든 위상과 방식이 총동원되어 있었다. 대대로 살아온 저택들의 풍경과 함께 그려져 있는 그림들은 화랑을 방불케 했다. 그의 초상화들을 들여다보고 있자니 그의 눈길들이 모두 그녀를 찾아 헤매고 있는 것처럼 느껴졌다. 끊임없이 곁눈질을 해

대는 존 노스모어의 눈은, 방 안에 함께 있으면서도 그녀를 의식하지 않는 체하는 듯했다. 그런 이상하고도 생생한 눈길의 효과로 인해, 10여 분이 흐르자 그녀는 책 속으로 푹 빠져들었다. 마치 도서관에 들어갔다가 우연히 빼 든 책에 빨려 든 것처럼. 그녀는 절망에 이를까 두려웠지만, 그 책에서 빠져나올 수는 없었다. 늦도록 응접실에 앉아 빈번히 회상에 잠기고 많은 사실들을 발견하면서 신비와 놀라움을 느꼈다. 그녀가 제공한 자료들은 철저하게 이용되고 있었다. 하지만 10여 통 정도의 내용은 전혀 보이지 않았다. 그 사실은 노스모어 부인이 펴낸 책의 실체를 말해 주고 있었다. 처음 몇 쪽을 넘기자마자 그런 기미를 느꼈고, 그 사실이 줄곧 그녀의 뇌리를 떠나지 않았다. 처음부터 그런 기미들을 눈치챌 수 있었던 건, 워런의 저 기이한 경건함을 발견해 낸 그녀의 천부적이고 날카로운 관찰력 덕분이었다. 경이 워런에게 보낸 편지들은 말하자면 자신의 가문을 위해 아주 유용하게 써먹을 수 있는 '카드'였지만, 그것은 다른 진실도 드러내고 있었다.

그녀는 열기로 달아올랐다. 기가 막혀 거의 숨이 막힐 지경이었다. 그러나 책장을 넘길 때마다 그 놀라운 진실은 더욱 확산되고 있었다. 워런에게 보낸 경의 편지에선 경의 지각없는 언행이 바닥까지 드러나 있었다. 노스모어의 서간집은 웃음거리에 지나지 않는 모래사막이었다. 그녀는 자신의 엄청난 오해를 절감하면서 정신을 차릴 수가 없었다. 11시경에 식사 시중을 드는 하녀가 응접실 문을 열었을 때, 그녀는 거의 죄책감까지 느껴지는 놀라움에 떨고 있었다. 하녀가 밤이 깊어서 그만 물러나야겠다는 인사말을 겨우 꺼냈을 때 여주인은 정신을 수습하고는 마치 기억에 불을 지피듯 퀭한 눈길로 하녀의 눈을 응시하면서 강한 어조로 말했다. "신문들은 어떻게 했지?"

"신문들 말인가요, 부인?"

"오늘 아침 신문들 모두. 버린 건 아니겠지? 빨리, 빨리 가져와!" 다행스럽게도 신문을 버리지 않은 모양이었다. 하녀는 곧바로 말끔하게 접힌 신문들을 그녀에게 가져다주었다. 호프 부인은 고맙다는 말도 잊은 채, 단숨에 그것들을 읽어 나갔다. 기이하게도 그 대중적인 매체들에도 자신이 그 책으로부터 받은 인상이 그대로 기술되어 있었다. 신문들은 그 책에서 그녀가 받은 인상이 질투의 환영이 아니었음을, 그녀의 판단이 옳았음을 증명해 주고 있었다. 뜻밖의 승리였다. 서평자들은 나름대로 예의를 지키고는 있었지만, 그녀와 마찬가지 이유로 놀라고 있었다. 그녀가 아침에 신문을 읽으면서 그 진실을 깨닫지 못한 건, 언론이 노스모어를 신비화하려 한다고만 생각해서 제대로 기사를 읽지 않았기 때문이었다. 이제 차분해진 그녀는 한 가지 의문을 떠올릴 수 있었다. 어떻게 노스모어 가문은 워런을 한낱 편지 대인 정도로 여길 수 있었을까? 워런의 표현이 과장되고 투박하고 느슨하고 모호해 보였기 때문이다. 그는 교묘한 방법으로 자신과 노스모어 모두를 조잡하고 터무니없는 인간으로 보이게 한 것이다. 이런 경우, 누구에게 주된 책임이 있다고 할 것이며, 뒤늦게야 이 괴이하게 찾아든 진실을 알게 된 아둔한 사람들에겐 어떤 책임을 물을 수 있단 말인가? 이건 필시 짓궂은 장난꾼의 소행임에 틀림없었다.

기사는 경에 대한 충심에 기반하고 있었기에 처음부터 경의 결점을 거론하지는 않았다. 하지만 행간이 지날수록 경의 결점이 드러나기 시작하면서 결국 그의 정체를 폭로하고 있었다. 길게 편지를 인용한 기사 곳곳에 '왜?'라는 물음표가 찍혀 있었다. 그 '왜?'는 호프 부인의 해석으로 옮기자면 '왜 워런은 이런 하잘것없는 경의 문장들을 사람들이 보게 만든 것일까? 왜 존 노스모어의 멍청함과 어리석음을 입증하는 이런 증거물을 세상에 남겨 둔 것일까?'라는 뜻이었다. 하지만 노스모어 경의 진면모를 증명하는 것은 워런이 보관했던 편지만이 아니었다. 다른 편지들이 그 사실을 더 멋지게 드러내고 있었다. 그녀는 한밤중에 방을 서성거리다가, 운명의 바퀴가 완전히 원점으로 돌아왔음을 깨달으며 지쳐 떨어졌다. 결국, 정의는 반드시 돌아오게 되어 있었다. 그녀를 그림자로 덮어 버린 그 기념물은 여전히 우뚝 솟아 있었지만, 그것은 일주일 안에 런던의 익살꾼과 인텔리들에게 조롱거리가 될 게 뻔했다. 그 안에 기이하게 끼어 있는 남편의 역할이, 그날 밤 잠자리에 든 그녀를 수시로 깨웠다. 하지만 다음 날 그녀는 안온한 아침 햇살 속에서 눈을 떴다. 정면을 응시하는 그녀의 입술에 참으로 오랜만에 웃음이 매달려 있었다. '멍청하게도, 왜 그걸 눈치채지 못했지? 워런은, 자신이 그저 한 명의 후견인인 것처럼 연기해 왔던 거야!' 그는 오랜 후에 닥칠 결말을 미리 준비하고 있었던 것이다. 끝, 온전한 끝이 그렇게 찾아오고 있었다.

5

그 후 클럽의 흡연실과 원내의 의원 면담실과 온갖 만찬 식탁에서 경에 대한 비판의 목소리들이 쏟아져 나왔고, 그중에는 불손한 언행까지 들어 있었다. 그 불행한 두 권의 서간집은 공감을 끌어내기는커녕 덜 떨어지고 이상하고 미성숙한 싸구려로 취급받았다. 호프 부인이 느낀 것과 정확히 일치하는 반응이었다. 그녀는 자신에게 찾아온 기회가 얼마나 멋진 것이 될지, 그리고 자신의 복수가 얼마나 달콤한 것이 될지를 절실히 예감했다. 노스모어 부인이 실패한 만큼, 자신이 계획하는 서간집은 성공을 거두게 될 것이었다. 과연 운명이란 누구도 피해 갈 수 없는 공평한 것이었다. 그녀는 자신이 보관하고 있는 남편의 편지를 읽고 또 읽으며 새삼스럽게 의문을 품었다. 남편의 서한집이 그 자체로 정당성을 확보하지 못한다면 어떻게 될 것인가? 마치 이런저런 명작들을 그러모아 뚝딱 만들어 낸 선집처럼 보인다면, 대중들의 정형화된 입맛에만 맞춘다면, 결국 영국인의 영예에 손상을 입히는 일이 될 뿐이지 않겠는가? 더구나 다른 사람에게 그 책은, 자신과 상관없는 누군가의 자아를 들여다보아야 하는 일종의 고문일 수도 있었다. 그것이 그녀를 두렵게 했다.

하지만 그녀가 할 수 있는 또 다른 일이 있었다. 그 일이 그녀를 구원해 줄지는 알 수 없었지만, 그녀는 세월을 거슬러 올라가 존 노스모어가 자신에게 보냈던 편지들에 낚싯대를 드리웠다. 그 편지들을 끝까지 다 읽고 났을 때 거기에 다른 편지들과는 비교할 수 없는 확실한 그의 진실들이 가득 차 있다는 것을 깨달았고, 깊은 감회에 휩싸였다. 편집되지 않은 그것은, 그녀 최고의 보물이었다. 이제 뭔가를 행할 때가 되었다는 생각을 하면서 끔찍한 일주일을 흘려보냈다. 그녀는 간략하면서도 달콤하고 아이러니한, 그녀의 마음을 고스란히 대변하는 서문을 마음속으로 써 내려갔다. 그녀의 눈앞에 불안하리만치 큰 명성과 늦게나마 수여된 월계관이 어른거리고 있었다. 이려움이 뒤따르리라는 긴 당연한 일이었지만, 분명 그 편지들은 그녀의 손에 있었다. 혼란스럽고 겁먹고 의심 많은 노스모어 가 사람들은, 그녀가 가진 양철 쓰레기통의 뚜껑이 땡강거리는 소리를 내면, 그 뚜껑을 덮기 위해 개처럼 달려들어 만나자고 할 거라고 예상했다. 아니면 그만두라고

✝ 노스모어 가의 굴욕 ✝

명령할지도 몰랐다. 둘 중 어떤 방식을 취하든, 그들이 먼저 덮으려는 것은 그녀가 혼인했던 남자의 짓밟힌 인격보다는, 그녀가 결혼하기를 거부했던 남자의 추문일 것이었다.

앞으로 일어날 일들이 그녀의 눈앞을 가득 메웠고, 그 생각에서 벗어날 수가 없었다. 그녀는 다시금 빛바랜 편지 뭉치를 읽기 시작했다. 다시 읽어 내려간 그 편지들은 더욱 풍부한 확신을 가져다주었다. 그녀는 자신의 오랜 친구와 친지들에게 그 편지들을 공개하겠다고 솔직히 털어놓기까지 했다. 이때부터 여러 의견들이 쏟아졌다. 그러면서 그녀는 다시 모임에 나가기 시작했고, 중단되었던 얘기들이 다시 이어졌고, 묵은 앙금들을 털어 냈고, 사교계에서의 그녀의 위치도 재정립되었다. 지난 몇 년 동안 나타나지 않았던 그녀가, 노스모어 가가 굴욕을 당한 몇 주 동안 세상 밖으로 나간 것이다. 그녀는 특히 자신의 호소가 실패로 돌아간 후 절교했던 사람들을 모두 찾아갔다. 그들 중 많은 사람은 그동안 노스모어 부인의 조력자 노릇을 했었고, 미처 알지 못하는 사이에 미증유의 폭로에 대한 대변자 역할을 한 사람들이었다. 그들은 그렇게 노스모어 가에 충성을 다해 왔던 것이다. 워런은 이 모든 것을 예견해 철저히 계산했고, 그 결과 교묘하게 사태를 역전시켜 놓은 것이다. 하지만 그것은 다른 누구를 위한 것이 아니라 아내를 위해서였다. 그녀는 지난 세월 동안 사람들이 무슨 생각을 하고 있었는지 묻고 싶었다. 대체 당신들의 마음속에는 무엇이 들어 있고 당신들의 지성의 싹은 어디에 돋아나기에, 값을 매길 수 없을 만큼 귀한 내 남편의 편지들을 불태워 버린 거냐고. 대체 언제부터 구원을 바라듯 노스모어 경에게 매달리기 시작한 거냐고. 그 물음에 대한 빈약하고 우둔한 답변들은 예상대로 그녀가 입은 상처에 큰 위안이 되어 그녀를 끝까지 지켜 주었다. 그녀는 그 위안거리들이 소진되어 버리는 바로 그때 노스모어 부인을 만나러 가리라 생각했다. 그때 얻게 될 위안은 두툼한 편지 뭉치라는 보물만큼 지대할 것이었다. 이윽고 그녀는 노스모어 가를 방문했다. 다행스럽게도 – 그런 집에도 '다행'이란 게 존재할 수 있다면 – 그녀는 거절당하지 않았다. 그녀는 30분가량 그 집에 머물렀다. 거기엔 다른 사람들도 있었는데, 그들은 그녀가 만족해야 일어날 것 같았다. 도착한 지 10여분 만에 그녀는 노스모어 가 사람들에 대해 연민을 느꼈고, 바로 그 연민을 통해 모든 문제가 해결되었다는 사실을 깨달았다.

    그들은 갑자기 태도를 바꾸더니, 자신들이 너무 운이 없었다고 말했다. 그 순간 노스모어 가 사람들은 그저 연약하고 초라한 존재들에 불과해 보였다. 그녀는 출간된 책이나 그것의 실패에 대해서는 어떤 암시도 내비치지 않았으며, 그들 역시 그에 대해선 아무 말도 꺼내지 않았다. 그들에게 던지고 싶었던 질문들은 사라지고 있었다. 때문에 그녀가 작별을 고하며 남편을 잃은 창백한 '자매'의 볼에 한 키스는 유다의 입맞춤✣과는 달랐다. 그녀는 왜 노스모어 부인이 책을 편집할 때 자신에게 자문을 구하지 않았는지 물어보고 싶었지만, 그 집을 떠나기 전에 이미 다시는 그 집을 찾아오지 않을 것이란 걸 직감했다. 그녀는 집으로 돌아와 목 놓아 울었다. 누구도 실패로부터 자유롭지 못하다는 것을, 누구의 인생도 알 수 없다는 것을 깨달았기 때문이었다. 그녀의 눈물은 일종의 철학적 인식을 가져다주었을지도 모른다. 그 울음은 무척이나 길고 넓게 퍼져 나갔다. 그녀는 마지막으로 그 두툼하고 빛바랜 편지 뭉치를 들고 밖으로 나가 청소부가 매일 비우는 쓰레기통에 내려놓고는 한 장씩 한 장씩, 그 보석과도 같은 노스모어의 편지들을 찢기 시작했다. 마지막 편지까지 갈기갈기 찢었다. 그 편지들이 이렇게 없어져 버렸다는 사실은 누구도 알지 못할 것이다. 그녀는 자신이 남겨 놓은 남편의 편지들로만 만족했다. 다음 날 그녀는 다른 일을 시작했다. 남편의 편지들을 가지고 필경사를 찾아갔다. 그녀는 그것들을 경건하고도 세심하게 복사하라고 시켰다. 그렇게 해야 안심이 되기도 하거니와, 하나라도 누락되어서는 안 되기 때문이었다. 때가 되어 그것들은 책으로 출간될 터였다! 그녀는 그 책이 불러일으킬 비판도 알고 있었지만 그에 대해선 체념한 태도로, 천천히 고개를 가로저었

❖ 예수를 로마의 군인에게 팔아넘기기 전 최후의 만찬에서 유다가 예수의 발에 입을 맞춘 일화를 빗대어 표현한 것.

다. 필사가 모두 끝나자, 그녀는 그것을 인쇄소로 가지고 가 조판을 맡겼다. 그러고 나서 면밀히 교정을 보았다. 그런 다음 비밀 유지를 위한 모든 대비를 하고 난 후, 단 한 권만을 출력했다. 그러고는 자신이 보는 앞에서 인쇄에 사용했던 활판을 해체하도록 했다. 그런 뒤 그녀는 3백 쪽짜리 책으로 만들어질 그 편지들을, 그녀를 너무나도 기쁘게 했던 그 편지들을, 조심스럽게 챙겼다. 그런 다음 자신의 유언장에, 반드시 자신이 죽은 후 그 편지들을 책으로 출간할 것을 명확하게 기입했다. 그녀가 마지막으로 행한 것은, 죽음이 알맞은 때에 찾아와 주기를 희망한 것이었다.

작가 소개

헨리 제임스
Henry James

헨리 제임스는 1843년 4월 15일 뉴욕에서 출생했다. 그는 스베덴보리 철학자이자 에머슨과 칼라일의 친구였으며 신학과 신지학 논문들을 저술했던 헨리 제임스 시니어의 다섯 자녀 중 둘째였다. 미래의 '국제사회'를 열광적으로 옹호했던 부친은 자식들을 세계시민으로 교육시키기 위해 미국과 유럽의 여러 학교로 보냈다. 헨리는 제네바, 파리, 불로뉴, 본, 하버드에서 공부했다. 그는 프랑스어와 이탈리아어를 모국어처럼 말할 수 있었고, 국제적 감각을 익히며 성장했다. 이런 국제적 감각은 나중에 그의 작품 전반에 나타난다.

제임스는 22세에 다시 미국으로 돌아와 여행기를 출간하고

《애틀랜틱 먼슬리》,《네이션》 같은 잡지에 단편들을 기고하기 시작했다. 1869년 다시 유럽으로 긴 여행을 떠났는데 특히 런던, 파리, 로마에 머물렀다. 이후 그의 첫 저서《열정적인 순례자 이야기》와《대서양 횡단 스케치》에서 구대륙에 심취한 열광적인 미국인들을 담았다. 그 후 파리에 1년간 머물다가 1877년부터 런던에 머물렀다. 거기서 1896년까지 머물면서 영국해협을 넘어 유럽으로 자주 여행을 다녔다.

생애 마지막 시기에는 영국 라이 주의 램 하우스에 머물면서 글을 썼다. 1912년 런던으로 돌아온 그는 제1차 세계대전이 발발하자, 영국 시민권을 얻었음에도 그를 40년간 손님 취급했던 영국에 자신의 애국심을 보여 주었다(전쟁에 관여하길 싫어했던 미국에 대한 항의의 뜻도 담고 있었다). 영국 정부는 그 답례로 그에게 공로훈장을 수여했다. 헨리 제임스는 1916년 2월 16일 런던에서 사망했다.

그의 작품 활동은 세 시기로 구분할 수 있다. 그 첫 번째 시기에《로데릭 허드슨》과《데이지 밀러》를 발간했다. 이 초기작들에 이미 헨리 제임스의 기본 테마들이 나타나 있다. 전자는 지적 국제성을 보여 주었으며, 후자는 제임스가 점차 선호하게 될 상황 즉 젊고 순박한 여인이 끔찍할 정도로 모호한 삶의 희생자가 되는 이야기를 보여 준다.

1881년《어떤 부인의 초상》이 나왔다. 이 작품은 첫 번째 창작 시기를 마감하고 두 번째 창작 시기를 여는 걸작이다. 이 시기에 제임스의 산문은 점점 세련되어지고 난해해졌으며, 그의 대부분의 중단편들이 나왔다. 작가는 자신의 중단편들을 '삶의 거대한 창고'라고 정의했다. 이 시기에 나온 가장 중요한 작품들로는 미국의 여성해방을 풍자적으로 해석한 《보스턴 사람들》과 무정부주의자들과 귀족주의자들이 등장하는 런던을 배경으로 한 소설 《카사마시마 공작부인》, 《반사경》이 있다. 1890년부터 1895년까지 제임스는 희곡을 썼지만 성공하지는 못했다. 《비극의 뮤즈》가 대중을 미심쩍게 만들었다면 《가이 돔빌》은 실패작이었다. 그러나 희곡 기법을 실험한 경험은 이후 소설 집필에 큰 영향을 주었다.

19세기 말에서 20세기 초는 제임스 스스로 말했듯 문학적으로 '중요한 단계'였다. 《포인턴의 전리품》, 《메이지가 알고 있었던 일》, 《사춘기》, 《신성한 샘》은 사실상 세 걸작 《비둘기의 날개》, 《사자使者들》, 《황금 잔》을 예고했다. 이들 작품에서는 심혈을 기울인 구성과 함께 세련된 문체가 돋보인다.

1904년 제임스는 1883년 이후 처음 미국으로 돌아갔고, 그 여행담을 담은 《미국 풍경》이 1907년 출간됐다. 이 작품은 그가 태어났지만 살고 싶지 않았던 조국에 '이별을 고하는 책'이었다.

• 주요작

소설

1875년   《열정적인 순례자 이야기 *A Passionate Pilgrim and Other Tales*》
1876년   《로데릭 허드슨 *Roderick Hudson*》
1879년   《데이지 밀러 *Daisy Miller*》
1881년   《어떤 부인의 초상 *The Portrait of a Lady*》
1886년   《보스턴 사람들 *The Bostonians*》
1888년   《반사경 *The Reverberator*》
1897년   《포인턴의 전리품 *The Spoils of Poynton*》
1898년   《나사못 회전 *The Turn of the Screw*》
         《메이지가 알고 있었던 일 *What Maisie Knew*》
1899년   《사춘기 *Awkward Age*》
1901년   《신성한 샘 *The Sacred Fount*》
1902년   《비둘기의 날개 *The Wings of the Dove*》
1903년   《사자使者들 *The Ambassadors*》
1904년   《황금 잔 *The Golden Bowl*》

에세이

1875년   《대서양 횡단 스케치 *Transatlantic Sketches*》
1907년   《미국 풍경 *The American Scene*》

희곡

1890년   《미국인 *The American*》
         《비극의 뮤즈 *The Tragic Muse*》
1895년   《가이 돔빌 *Guy Domville*》

옮긴이 하창수
영남대학교 경영학과를 졸업하고, 1987년 《문예중앙》 신인문학상에 중편 〈청산유감〉이 당선되어 문단에 나왔다. 1991년 장편 《돌아서지 않는 사람들》로 한국일보 문학상을 수상했다. 옮긴 책으로는 《마술 가게》, 《동양점성학》, 《킴》, 《열두 살, 192센티》, 《원더》 등이 있다. 영어학습서 《워드 테크》와 《해석과 번역》을 펴냈으며, 선화집 《낮잠Napping》을 영역했다.

옮긴이 이승수(해제, 작가 소개)
한국외국어대학교 이탈리아어학과를 졸업하고 동 대학원에서 비교문학 박사 학위를 받았다. 옮긴 책으로 《순수한 삶》, 《신부님 우리들의 신부님》, 《그날 밤의 거짓말》, 《그림자 박물관》, 《달나라에 사는 여인》, 《넌 동물이야, 비스코비츠!》 등이 있다.

친구 중의 친구

초판 1쇄 발행 | 2011년 7월 10일

지 은 이　헨리 제임스
옮 긴 이　하창수
디 자 인　최선영 · 장혜림

펴 낸 곳　바다출판사
발 행 인　김인호
주　　소　서울시 마포구 서교동 398-1 창평빌딩 3층
전　　화　322-3885(편집), 322-3575(마케팅부)
팩　　스　322-3858
E-mail　badabooks@gmail.com
홈페이지　www.badabooks.co.kr
출판등록일　1996년 5월 8일
등록번호　제 10-1288호

ISBN 978-89-5561-584-5 04840
　　　978-89-5561-565-4 04800(세트)